De la supériorité des femmes

Du même auteur

Romans

PREMIÈRES VOLONTÉS, *Grasset,* 1998
ÊTRE SUR TERRE, ET CE QUE J'EN RETIENS,
Calmann-Lévy, 2001
LA MIRE, *Flammarion,* 2003
UN POINT DANS LE CIEL, *Flammarion,* 2004
QUAND J'ÉTAIS NIETZSCHÉEN,
Flammarion, 2009

Essais

SE NOYER DANS L'ALCOOL ?, PUF,
« *Perspectives critiques* », 2001
LA GRÂCE DU CRIMINEL, PUF,
« *Perspectives critiques* », 2005

ALEXANDRE
LACROIX

De la supériorité des femmes

ROMAN

J'AI LU

Pour Lia

Jeudi 17 août : *improvisons notre vie, mais soyons amoureux*

Ma femme écrit très bien. Elle a un don pour ça. Sincèrement, et sans vouloir la flatter, elle est capable de merveilles sitôt qu'elle s'attelle au traitement de texte. Moi, je ne me débrouille pas trop mal, sans fausse modestie. Mais j'ai un rapport trop technique à l'écriture, j'en ai fait mon métier. Il m'arrive d'écrire pour écrire, ou bien pour faire du style, sans avoir rien à dire. Je peaufine des tournures, ménage des transitions, des descriptions anodines. Il y a dans mes ouvrages des passages à vide, des absences. Tandis que ma femme... Elle ne fait pas de livre, c'est entendu. Quand elle écrit, elle donne libre cours à son intensité. C'est le trop-plein de ses émotions qui dévale dans sa prose, qui l'irrigue et lui confère une chaleur communicative. Vous levez le sourcil ? Vous n'êtes pas convaincu ? Tenez, jugez-en par vous-même :

« Lettre à cœur ouvert
À toi Stéphane,
Mon amant que j'aime,

Ai-je bien eu cette discussion avec toi, hier soir ? Elle parlait d'amour, du tien et du mien. Que nous faisions un pacte, celui de lui donner une chance. Une chance véritable d'exister entre nous.

Tu me disais, hier, que souvent tu dis non, plutôt que dire oui. Tu me disais, aussi, de me fier aux actes. Pourquoi n'es-tu pas sorti avec moi de ce bar ? Nous aurions pu avoir un moment de tendresse, des caresses d'amants, comme nous les aimons tant.

Ce soir tu sèmes la confusion dans mes sentiments. Je ne ferai pas silence, je te l'avais promis. Je t'écris sans détour. Car je t'aime mon amour.

Et voilà où j'en suis. Je t'aime de telle sorte que je veux tout avec toi. Je ne vois pas de limite. Ceci n'est pas concret. Plutôt des libertés qu'on se permet d'avoir. Comme celle de se rejoindre, si l'envie nous prend au corps. Ou celle de s'appeler, quand l'autre nous manque trop. Demain, nous préparons chacun notre départ. Qu'à cela ne tienne, voyons-nous, nous aurons bien le temps de cuver notre peine durant ces quinze jours ! Nous dormirions ensemble dans le même lit ce soir, enlacés et repus d'une journée si pleine.

Égarons-nous ensemble, prenons des libertés. Que notre amour soit une ligne blanche autour de laquelle s'organisent les autres. Ils peuvent prendre beaucoup de place, ce n'est pas un problème. Avec notre confiance, nous pourrons beaucoup nous tourner vers eux. Vers nos enfants d'abord, vers nos conjoints ensuite, sans nous mettre en péril. Mais consolidons-nous, notre union à nous.

Protège-moi Stéphane, donne-moi de l'importance. Ne mets pas à l'épreuve chaque jour mon amour. Je risque de douter de celui que tu me portes. Le danger vient de nous.

Improvisons notre vie, mais soyons amoureux.

Tu vois ce soir je souffre.

Je n'échangerais rien contre un moment de tendresse passé avec toi. Dans tes bras. Sentir l'odeur de ta peau, de ton souffle, de tes cheveux, vaut plus à mes yeux que n'importe quoi d'autre. J'ai besoin de sentir ton amour. Que tu as besoin de moi. Que je ne suis pas seule dans cette aventure-là.

Soyons forts ensemble, passons des moments insensés de douceur et de désirs, d'envie de partager. Soyons main dans la main. Nous n'avons rien à perdre et tout à y gagner. Le bonheur sur terre vaut bien qu'on s'y essaie ?

Je pense qu'on s'est aimé ensemble. Qu'au même moment, notre amour a pris forme. Un amour intense. Sauvons-le, cet amour. Il peut faire tellement de mal. Il faut s'en rendre capable. Sinon tout est futile.

Si je t'écris ce soir, c'est parce que je t'aime sincèrement.

Tu peux me dire non. Que c'est trop fort pour toi, que cela te fait peur. Je t'aurais tout expliqué, je t'aurais tout proposé.

Dis-moi Oui, Stéphane. Mais ne te force pas.

Je me fourvoie peut-être, mais je ne regrette rien.

Voilà, mon cher amour. Mon cœur est à toi, si tu veux bien le prendre.

Mathilde »

Comme vous pouvez l'imaginer, la première fois que j'ai lu cette lettre, ce ne sont pas ses qualités littéraires qui m'ont sauté aux yeux. Ma nuque s'est raidie. J'ai senti les tendons le long de ma mâchoire se braquer. Bah... Après tout, lorsqu'on explore le disque dur de l'être aimé, qu'on navigue dans la mémoire de son ordinateur, qu'on se livre sans vergogne à ce viol de son intimité, de ses petits secrets, il faut bien s'attendre à une découverte déplaisante. Je n'avais que ce que je méritais. Les derniers voiles d'espérance et d'illusion dont je parais Mathilde tombaient, révélant une vérité à donner le haut-le-cœur.

Oui, c'était un nœud au niveau des intestins, et une vague nausée que j'éprouvais à ce moment précis. J'ai relu plusieurs fois la lettre, de façon à en fixer certaines phrases dans ma mémoire. « Mon cœur est à toi, si tu veux bien le prendre », « je veux tout avec toi » : pas de doute, le mal était sévère. « Des caresses d'amants, comme nous les aimons tant », « je n'échangerais rien contre un moment de tendresse passé avec toi », « l'odeur de ta peau, de ton souffle, de tes cheveux vaut plus à mes yeux que n'importe quoi d'autre » : cela, c'était le plus cruel. Qu'elle soit amoureuse, passe encore. Mais ces allusions plus précises à des miniatures d'étreinte, à des sensations, au contact des épidermes, au cocktail olfactif du coït réussi me laminaient. Dans ces passages-là, on ne planait plus au royaume de l'abstraction. On était au ras du sol, terrestre en diable. Je ne vivais pas un rêve. J'étais dans l'étau du réel.

Le cou raide comme du bois, les tempes crispées, j'étais donc là, à onze heures trente, chez nous. Mon fils et la baby-sitter qui était venue nous dépanner pendant quelques jours dormaient à poings fermés. Mathilde était chez des amis, à ce qu'elle prétendait. Et moi, ce soir-là, j'en avais appris plus long sur elle qu'au cours de toutes nos conversations épuisantes de couple usé qui avaient émaillé les semaines précédentes.

Une lampe unique était allumée, qui répandait autour de mes épaules un cône de lumière. J'aspirai un grand coup. Je sentais revenir en moi l'un de mes plus forts traits de caractère, mon goût pour l'action et les coups d'éclat. Oui, je ne pouvais pas, après ces découvertes, rester à l'attendre en riant jaune dans la pénombre de notre chambre. La brûlure psychologique était si vive que je devais l'évacuer en bougeant. Je me levai, ramassai ma veste qui traînait sur le dossier d'une chaise et les clés de mon cadenas de vélo. Il ne me restait plus qu'une chose à faire. L'âme humaine n'est pas fondue dans le métal pur de la vertu. Pour ne pas tirer mon fils de son sommeil d'ange, je refermai la porte derrière moi aussi délicatement que possible.

Dimanche 4 juin
(deux mois plus tôt) :
il va falloir que je te suce

À ce moment précis, je comprends quel effet ça peut faire que d'être un poulpe.

Il est tôt le matin, nous sommes dimanche. Nous dormons encore dans le large lit de notre chambre à Péronne. (Avant d'aller plus loin, il est indispensable que je vous explique ce que représente Péronne pour Mathilde et moi. C'est notre éden sur mesure, le foyer que nous avons bâti avant la découverte du bien et du mal.

Vers vingt-deux ans, nous nous sommes tous les deux lancés dans cette sinistre farce, la vie active. Mathilde a trouvé un poste d'assistante dans une jeune maison d'édition, j'ai été engagé comme « planneur stratégique » dans une agence de publicité. Ainsi, nos louables efforts pour acquérir savoirs et maîtrise rhétorique avaient porté leurs fruits : nous occupions des fonctions aux contours mal définis dans l'industrie culturelle. Les grandes théories, nous les avions ingurgitées sur les bancs de la fac et des grandes écoles.

Nous avions les diplômes *ad hoc* dûment tamponnés derrière l'oreille. Mais en définitive, notre rôle était de brader du discours, d'ajouter un peu d'huile sophistique dans les rouages de la machine capitaliste. Or, nous n'avions pas étudié pour ça. Curieusement, les études avaient vraiment représenté à nos yeux une quête sincère et désintéressée... Chaque fois que je devais concevoir un plan de communication pour une marque de téléphonie portable ou une banque, je repensais à tous ces philosophes, à tous ces chers auteurs – Rimbaud, Nietzsche, Heidegger et toute la clique –, à ce panthéon des grands esprits dans lequel j'aimais tant déambuler, et j'avais honte. J'avais envie de leur demander pardon à genoux. Tout ça pour ça. S'être initié aux hautes sphères de la pensée pour servir la soupe. Quant à Mathilde, elle était déçue aussi par la médiocrité du milieu littéraire, l'ignorance des éditeurs, leurs chatteries et renvois d'ascenseur.

Un beau jour, dans le wagon d'un train, Mathilde et moi nous sommes regardés droit dans les yeux. « Tu sais pas ce qu'on devrait faire ?

— Non.

— Quitter Paris. S'en aller.

— Tu crois ?

— Il est encore temps de sauver notre âme, avant de devenir deux courtisans au petit pied, deux Parigots serviles et arrogants. »

Les pupilles de Mathilde brillaient de lumière. Une retraite, loin de Babylone la maudite ? Nous avons réfléchi. Mathilde avait des origines en Bourgogne. Dans le village de Péronne, sa mère possédait encore une bicoque, dans laquelle personne n'avait vécu depuis cinquante ans. C'était une destination rêvée.

Le lendemain matin, lorsque je lui ai annoncé ma démission, le directeur de mon agence de publicité m'a opposé un visage congestionné. Ses traits se sont durcis instantanément. En même temps, il s'est mis à regarder dans le vague. Démissionner, tout plaquer, cette agence en *open space* vibrionnante et ces clients jobards qu'il méprisait plus ou moins ? Il ressentait la même envie, bien sûr. Mais l'existence l'avait figé dans un autre rôle.

Nous nous sommes donc retrouvés, début novembre, dans le sud de la Bourgogne, en rase campagne. Ni l'un ni l'autre n'avions le permis de conduire. Pour tout véhicule, nous possédions deux bicyclettes et une mobylette antédiluviennes. Il n'y avait aucun chauffage dans la maison. Grisés par la fuite, nous en avions négligé les conditions matérielles. Les premières semaines furent violentes... Il y avait des congères au bord des routes. Le mercure est descendu à moins cinq. Nous nous sommes procuré un poêle à pétrole et un convecteur. Nous allumions des feux dans la cheminée, le conduit tirait si mal que nous nous enfumions. Il ne faisait pas plus de sept degrés dans la chambre mais, sous le lourd édredon, nous trouvions, plaqués l'un contre l'autre, une délicieuse source de chaleur.

Les journées, je les passais à écrire un roman. Mathilde, dans les premiers mois, retapait la maison. C'est au cours de cet hiver, de cette robinsonnade, que nous avons conçu notre enfant, Julien.

Péronne. Nous y avons vécu près de sept ans en tout. Nous avons réussi à rendre la maison confortable. Et puis nous avons été, à regret, contraints de retourner à la capitale, car malgré les amis que nous nous sommes faits sur place, malgré la majesté des collines, les enchantements saisonniers de la vigne et le dégagement des ciels, professionnellement, nous végétions.

Chaque couple a son mythe fondateur. Souvent, ce sont les circonstances de la rencontre, du premier baiser, de la première étreinte qui prennent valeur de commencement. Pour Mathilde et moi, la rencontre a certainement été reconstituée après coup avec romanesque, mais ce sont ces premiers temps à Péronne qui forment le cœur même de notre histoire, de notre amour. Notre île déserte à nous. Si nous nous sommes tant attachés à ce village, comme Robinson à son île de Speranza, c'est que nous avons dû modifier nos habitudes, nous endurcir pour être capables d'y survivre sans devenir fous.

Péronne, pour deux jeunes intellectuels venus de la capitale, c'était un lieu sauvage, âpre, c'étaient des brouillards incessants et des nuits précoces, déchirantes. Il y avait la chape du silence, les boues spongieuses après les pluies, les profils des arbres sans feuilles comme des squelettes branlants sous le ciel de décembre. Il y avait aussi les rires, les jeux, les promenades, les extrémités glacées qui se cherchent à la hâte sous le poids des couvertures. Jamais, à Paris, confinés dans notre confort qui n'en était pas un, dispersés au beau milieu des sollicitations et des aventures incessantes, nous n'aurions pu à ce point quintessencier notre amour, en faire un élixir.)

Mais revenons au poulpe. Vous vous le rappelez ? Nous l'avons laissé échoué sur le rivage de ce chapitre. Sur ce paquet de chair caoutchouteuse, légèrement répugnante, collent gros sable et goémon.

Dimanche matin, donc. Mathilde fait un rêve agité. Elle soupire, gémit, se débat contre des chimères. Mon sommeil est plus léger qu'une feuille. J'ouvre les yeux. Comprends qu'elle est en proie à un cauchemar. M'approche d'elle pour la prendre dans mes bras. Tout à coup, elle relève la tête. Ses yeux s'ouvrent avec une expression d'indicible horreur. Cette horreur-là ne provient pas des visions de son sommeil. C'est moi qui la lui inspire. Bientôt elle cède à un autre sentiment. Je la dégoûte. Elle ne veut pas m'avoir ce matin-là dans son lit. Je suis malvenu. Elle ne me concède plus le pouvoir de la protéger, de lui caler le visage contre mon épaule. Je n'ai plus forme humaine. Cela, je le lis clairement dans son regard. Je suis un poulpe.

« Qu'est-ce qui t'arrive ? Je voulais seulement te faire un câlin.

— J'ai pas envie de ton câlin.

— Pourquoi ?

— Parce que si on commence comme ça, dans cinq minutes il va falloir que je te suce.

— Tu as tort.

— Arrête, je te connais. Tu peux pas être tendre sans vouloir baiser dans le quart d'heure.

— T'es vraiment une sale connasse », dis-je d'une grosse voix en tournant le dos, gagnant l'extrême bord du lit.

L'insulte est sortie toute seule. Or, les insultes entre nous, ce n'est pas monnaie courante. Elle n'a même pas répondu. Pas protesté. Elle s'en fout, puisqu'elle a ce qu'elle veut. La seule chose qui compte, à ses yeux, c'est que je ne la touche pas.

Instantanément, tout s'ordonne dans mon esprit. Les signes d'avertissement, les indices qu'elle a semés depuis quelques semaines – distraction, refus réitérés de faire l'amour, bouderies prolongées dans la salle de bains, temps passé à rédiger des e-mails à de mystérieux correspondants – tous ces accrocs à la complicité forment une série cohérente et explicable : Mathilde est préoccupée par un autre homme. Elle est amoureuse.

Au lieu de l'interroger là-dessus, je me dis curieusement que le mieux est de garder le silence, de la laisser tranquille. Elle a besoin de prendre ses distances, d'avoir du jeu par rapport à moi. À quoi bon la contraindre ? De toute façon, je ne l'attire plus assez pour la retenir.

Mardi 6 juin :
les scientifiques des missions polaires et les célibataires

Un style classique, c'est :

un style respectueux de toutes les règles – orthographiques, grammaticales, syntaxiques – qui policent la langue

un style dans lequel tout ce qui est inutile, tout ce qui fait masse dans la phrase – c'est-à-dire les adverbes, la plupart des adjectifs, les ornementations diverses, incidentes, comparaisons, métaphores – a été supprimé. *Rien de trop* : telle est la devise de qui veut écrire en langue classique. La prose doit ciseler au plus près la pensée, le signifiant est un vêtement qu'il faut tailler afin qu'il moule parfaitement le corps du signifié. Dans un récit classique, par exemple, il ne saurait être question d'époux éconduit changé en poulpe.

Où l'on devine que la question du style rejoint celle de la vie, plus précisément du mode de vie que l'on choisit. Un mode de vie classique repose d'une part sur l'observation assez stricte des règles sociales – les lois, mais aussi les contraintes dues au monde du travail, la casuistique raffinée de la politesse et des divers usages – et d'autre part sur l'éradication des écarts malvenus, des fantaisies et des excès variés qui ne sauraient entrer dans la ligne de conduite que l'on s'est tracée.

Après ce matin brisé à Péronne, Mathilde et moi décidons de nous séparer. Mais comme l'idée même de séparation est inadmissible, choquante, nous employons le terme moins tragique de « pause ». Sans présumer de l'avenir, nous estimons préférable de nous éloigner l'un de l'autre, momentanément. Il entre, évidemment, une part de duplicité dans ce concept même de pause. C'est un paravent qui nous masque la difficulté de la situation réelle – on ne se sépare pas d'un cœur léger d'une personne avec laquelle on a vécu douze ans, il s'agit forcément d'un arrachement, d'une amputation.

Je me réfugie dans mon bureau. Autant dire mon sous-marin. Mon bureau est une pièce sans fenêtre, calée derrière le box d'un garage, dans le premier arrondissement de Paris. Neuf mètres carrés. Une cabine de douche, un meuble-cuisine. Des placards en Formica datant des années 1970, avec des miroirs fumés sur les portes. Pour dormir, un futon posé sur une estrade. Dans un coin, une table et mon ordinateur. Le propriétaire me prête gracieusement ce réduit pour que j'y vienne écrire.

Le lieu n'est pas inconfortable, mais l'absence de fenêtre – et donc d'aération – est déprimante. Au bout de quelques heures, on y perd toute notion de la météo, de la luminosité du monde extérieur, tout simplement du temps. Il arrive qu'on s'y sente, au milieu de l'après-midi, fatigué comme à trois heures du matin et inversement, qu'on traverse la nuit sans se soucier du lendemain. En somme, cet endroit est parfaitement adapté à une activité aussi solitaire et anachronique que la confection de livres. Sinon, il tient du mouroir.

Dans mon bureau, j'adopte un mode de vie classique. Je fais des courses au supermarché. Je dîne sobrement, d'un plat de pâtes et d'un yaourt. Je ne m'accorde qu'un seul verre de vin. Puis, n'ayant aucun fauteuil ni canapé, je me mets en pyjama et m'allonge sur mon futon dur avec un livre. Je ne pense pas à Mathilde, encore moins au fait qu'elle couche sans doute avec un autre, car cela ne convient pas du tout à un esprit classique. Imaginer un instant l'expression du plaisir sur son visage, sa bouche modelant le gland turgescent que lui tend son amant, la sueur de cet homme roulant le long du sillon médian qui passe entre ses seins, l'imaginer ouvrir son sexe et ses odeurs pour ce rival dont je suppose l'existence, sans rien savoir de plus précis, suffirait à me plonger dans des états baroques, décadents, romantiques ou surréalistes, voire dadaïstes ou existentialistes. Mais non, je veux être classique. Je ne pense pas à ce qui est perdu, à Julien mon fils qui dort ce soir dans un appartement où n'habite plus son père. Je m'applique, au contraire, à me concentrer au maximum, à déchiffrer chaque phrase du bouquin que je lis.

Le classicisme a quelque chose à voir avec la dignité, avec le désir de conserver un quant-à-soi. Ma vie ne tient plus qu'à un fil fragile et, si je m'amuse à le secouer ou à l'entortiller, je risque de l'égarer.

Classique, j'éteins la lumière vers 22 h 30. Je vérifie avoir mis la sonnerie du réveil à 7 h. Le classicisme est à la fois admirable et ennuyeux. Avant de m'endormir, je me masturbe mais sans laisser le diaporama intérieur des fantasmes s'enclencher, je me branle pour évacuer, éjacule dans un kleenex que je roule en boule pour ne plus m'en soucier. L'orgasme classique ne vous projette pas au plafond, il n'arrache aucun râle à votre poitrine. Ce soir-là, je ne me demande même pas si Mathilde, repue des caresses de son amant, écrase une larme, a une pensée émue pour moi avant de s'endormir. Je me sens proche de tous les hommes qui, discrets et purs, se contiennent. Les séminaristes qui s'endorment dans leur lit de fer. Les gardiens de phare. Les militaires. Les scientifiques des missions polaires et les célibataires. Nous sommes des millions à devoir dormir une nuit classique en serrant les dents, sans céder aux sirènes du désir qui auraient tôt fait, si jamais nous leur prêtions l'oreille, d'emporter notre raison.

Jeudi 8 juin :
ton truc, c'est une brosse à dents

À la cinquième reprise, je suis pris de doute. Je deviens observateur. Les sifflements de sa respiration sont pourtant éloquents. Et les râles légers qui s'échappent de ses lèvres. Et les contractions de son ventre. Une comédienne habile pourrait simuler ces poses et ces gémissements, mais comment contrefaire ces aspirations réflexes, ces modulations saccadées de la vulve ? Sous moi Pauline est blonde. Elle est ample. Large de hanches, ronde de seins. Abondante. Elle plonge ses yeux très bleus, aux pupilles unies, sans nuances, au plus profond des miens. La jouissance crispe son corps, mais ses yeux sont toujours aussi limpides, ce sont deux atolls baignés d'une paix océane, deux échantillons de Pacifique. Non, avec ces comparaisons, je n'y suis pas encore : en réalité, dans le regard qu'elle pose sur moi, je lis à la fois le don le plus absolu et la plus souveraine distance. Les paupières ne cillent pas. Les iris, dans la pénombre, sont deux points lancés au loin, tout au bout du phrasé de nos soupirs.

Laissez-moi vous présenter Pauline. Dans la vraie vie, quand elle n'est pas écartelée au creux d'un lit, elle est psychanalyste. C'est la première fois que nous passons à l'acte. Je l'ai rencontrée il y a deux ans, dans un restaurant estudiantin du Quartier latin. La salle minuscule était bondée, elle avait dû s'asseoir à la seule place restante. Face à moi. Freud, première, deuxième topique, pulsion de mort et pare-excitations : nous y sommes allés franco. Nous avons tout de suite croisé le fer. Nous nous sommes jetés dans une conversation intello et technique, une joute effrénée dont le ressort, au-delà de la cavalcade démente des idées, était d'emblée l'attraction sexuelle. J'ai voulu l'embrasser sur la bouche. Elle s'est abandonnée un bref instant. Pour se ressaisir aussitôt, comme qui vient de vaciller au bord d'un gouffre : « Non, je ne peux pas. » Elle n'était pas libre. Avant de disparaître, elle m'a pourtant laissé la panoplie complète de ses coordonnées – adresses postale et Internet, fixe et portable.

J'ai revu Pauline, nous avons échangé des mots d'une grande douceur. Elle me faisait tourner la tête, je le lui ai écrit. Elle aussi éprouvait « quelque chose de fort ». Malheureusement j'étais en couple, j'avais un enfant. Elle était prise. Ni l'un ni l'autre n'étions prudes. Mais nous n'osions nous tomber dans les bras. Car nous savions que, de ce carambolage, nous ne sortirions pas indemnes. Nous étions trop mordus, sentimentaux. Nous nous exposerions à tant de souffrances. Notre entourage en pâtirait. Dans notre immense lucidité, nous redoutions l'amour. *Tomber amoureux* : dans une vie d'adulte, il ne peut rien arriver de plus affreux, de plus terrible. C'est la roue écrasante du destin qui se met en branle.

Quelque temps plus tard, elle m'a appelé pour me dire qu'elle était enceinte. J'ai encaissé l'uppercut. Je lui ai envoyé un e-mail. Fair-play, plutôt gentil à ma manière, je lui disais que cela ne faisait rien, que nous devions infléchir la nature de notre rapport. Que nous pourrions *rester amis*... Elle l'entendait également ainsi. Mais quoi ? C'était insupportable. Je ne la rappelai plus, laissai ses messages sans réponse deux mois durant. Pour une fois que je tombais amoureux, un spermatozoïde me ravissait la belle. Lutte par trop inégale. Enfin, d'hésitations en circonvolutions, un jour j'entrai dans une cabine. Composai son numéro de portable.

« Où es-tu ? Je peux te parler ?

— Oui, je me promène en forêt, répondit-elle.

— Comment tu vas ? (D'une voix traînante, presque à reculons :) Ta grossesse se passe bien ?

— Ah... (Elle a lâché cette syllabe d'une voix noyée, soudain distante, avalée par les limbes du réseau.) Je ne l'ai pas gardé... J'ai fait une fausse couche. »

Atterré. J'avais déraciné en moi l'amour, scrupuleusement. J'avais arraché ces germes empoisonnés de mon cœur. Je m'étais consacré, comme à mon habitude, à l'écriture éperdue d'un livre qui m'avait permis d'oublier Pauline et les aléas de la vie avec Mathilde. J'avais immolé les sentiments puissants que m'inspirait « ma » psychanalyste. Tout ça pour quoi ? Pour un fœtus qui avait jugé préférable de déclarer forfait au bout de quelques semaines. Secoué par la nouvelle, par l'immensité du gaspillage, je raccrochai.

Maintenant Pauline est sous moi. Elle a les jambes relevées, les genoux pliés sur mes épaules. Elle fait boule. Je donne en elle des coups furieux. Elle détourne légèrement la tête, ses cheveux s'éparpillent sur le drap. Ses mains se crispent, attrapent le couvre-lit. Elle glousse. Voilà qu'elle remet ça.

Pauline vient de se séparer, elle aussi. Elle a vécu cinq ans avec quelqu'un de célèbre. Un homme vraiment connu, que vous avez souvent vu dans le téléviseur, dont vous connaissez la voix, le nom, l'importance... Désolé, je ne peux pas préciser son identité. De toute façon, j'en révèle déjà bien assez dans ces pages. J'ai le droit à un peu d'intimité aussi – je dois m'offrir des omissions, des cachotteries.

Cet hommecélèbre, donc, est impuissant. Un impuissant véritable. Incapable de soutenir une érection plus de quelques secondes. Hommecélèbre a tout essayé. Les médicaments, le taoïsme, le tantrisme. Il en est à la sophrologie. Pauline m'a raconté des anecdotes hilarantes sur hommecélèbre. Il ne touche pas ses maîtresses. Il utilise des gants ou bien des objets en plastique qu'il bricole lui-même, conçus spécialement pour les caresses.

Un soir, au début de leur relation, il est arrivé chez elle avec un paquet-cadeau, très fier. Dans le paquet, il y avait un vibromasseur artisanal. Bien trop fameux pour entrer dans un sex-shop, hommecélèbre n'emploie que des *sex toys* faits maison. Il s'était procuré une brosse à dents électrique, de la pâte à modeler et une capote, avait assemblé le tout tant bien que mal. Il n'avait pas honte, au contraire. Il apportait cette offrande à Pauline avec beaucoup de fierté. C'était sa Sainte-Bite qu'il lui montrait là, enrubannée. Il lui présentait une vieille amie à lui, qui lui avait déjà rendu bien des services... Perplexe, elle a examiné la chose.

« Mais dis donc... Ton truc, c'est une brosse à dents. »

Il a rougi jusqu'aux oreilles.

Elle avait mis dans le mille. Il était mortellement blessé.

Un volcan. Voilà ce qu'est aujourd'hui Pauline, après ces mois, ces années de famine sexuelle en compagnie d'une célébrité diminuée. La frustration l'a rongée... Hommecélèbre est si peu sûr de ses moyens qu'il ne peut mettre un préservatif. C'est de lui qu'elle est tombée enceinte, un de ces soirs où – au sommet de sa forme – il l'a pénétrée pour éjaculer l'instant d'après. Durant la période où Pauline était enceinte de lui, il l'empêchait de dormir en lui parlant toute la nuit. En la traumatisant par des déclarations tonitruantes, en exerçant sur elle d'insoutenables chantages affectifs et pressions psychologiques. Tourmentée, elle a perdu l'enfant.

Pauline, je l'ai rappelée après un court intermède de classicisme irréprochable. Comme ça. Pour savoir où elle en était. Elle a tout de suite accepté un rendez-vous. Elle m'est apparue, au moment des retrouvailles, usée. La fausse couche, le temps passé en compagnie d'hommecélèbre avaient accusé ses cernes, émacié son visage. Belle, elle l'est encore. Mais elle semble épuisée aussi, aux abois. Et moi-même, de quoi ai-je l'air ? Deux naufragés dans la vaste Sodome, deux frustrés à Babylone qui se réchauffent comme ils peuvent en se frottant le ventre : voilà ce que nous sommes. Je ne suis pas sûr qu'un sentiment profond puisse renaître entre nous. Mais le désir, contenu depuis notre première rencontre vingt-quatre mois plus tôt dans un snack, est intact.

Après l'amour, nous restons allongés sur le dos. J'éprouve un vague soupçon. Est-ce bien naturel ? Si je fais le total, Pauline a joui sept ou huit fois. De vrais orgasmes orageux, des tempêtes de cris qui à chaque fois lui fronçaient le sexe en profondeur. Je crains que cela ne soit physiologiquement impossible.

Je ne peux pas croire à mon bonheur. Feindrait-elle ? Pour en avoir le cœur net, je lui demande de se branler. De bonne grâce, elle s'exécute. Une main entre les cuisses. Ses jambes ont des soubresauts, son bassin décrit de lents cercles concentriques. Les sursauts s'accusent, se rapprochent. Sa respiration s'entrecoupe, elle sent fort la femme. Geint. La même attitude, exactement... Non, elle ne mentait pas. De même qu'il y a des femmes à barbe, j'ai rencontré la femme aux mille orgasmes. Cela me laisse songeur. Les possibilités de jouissance d'un homme sont dérisoires. Chez l'homme, le plaisir se limite à un bref collapsus. Chez la femme, il irrigue jusqu'à la moindre terminaison nerveuse. Par moments, Pauline donne l'impression de se bloquer, de rester « sous orgasme » pendant plusieurs dizaines de secondes. Vraiment, j'ai rarement eu une vision si nette de la supériorité féminine.

Mercredi 14 juin :
Blitzkrieg *à 17 h ?*

Corsage dégrafé, Pauline me montre les deux balles d'albâtre de ses seins. « Tu vois, il m'a quand même vachement abîmée. » Des griffures lui descendent du sternum au mamelon. Un éclair violet lui zigzague l'épaule. « C'est pas tout, regarde. » Elle relève ses cheveux raides comme des tiges de blé mûr. Des écorchures marbrent sa nuque. Autour du cou, elle porte une écharpe cramoisie imprimée sur la peau.

Hommecélèbre a pété les plombs. Hommecélèbre a été très méchant. (Entre nous soit dit, j'en ai assez de l'appeler hommecélèbre. Il vaut mieux que je le désigne autrement. Par une lettre. X., par exemple... Non, X. n'est pas une bonne idée, cela évoque le document policier ou le porno. Y. est meilleur, plus neutre.) Depuis quelques jours, Y. est au trente-sixième dessous. Il a forcé la boîte e-mail de Pauline, a lu les messages qu'elle m'a adressés (explicites : « Difficile de ne pas se sauter dessus maintenant... *I feel addicted to your body and to your touch* », ou : « J'aime faire l'amour avec toi, j'aime tes mains, tes lèvres, ton corps, ta queue... ton souffle sur ma peau, dans mon cou, ta peau mouillée par le plaisir quand elle colle à la mienne ») et les miens aussi (plus laconiques : « *Blitzkrieg* à 17 h ? »).

Hier, vers minuit, il a frappé à sa porte. Elle a ouvert. Il lui a bondi dessus comme un tigre, lui a frappé la tête sur le sol, puis l'a prise, par-derrière, mais pas pour la posséder, non, pour l'étrangler. Pauline suffoquait. Ne pouvant s'opposer à la force d'Y., elle a tout de même réussi à articuler, dans un sursaut de lucidité : « Si tu me tues, demain ton nom est dans tous les journaux. Ta carrière est foutue. » Psychanalyste douée, elle avait touché au talon d'Achille. Y. est si médiatique qu'il n'a plus de sensibilité humaine. Il n'est plus qu'une réputation. Il passe des heures à se regarder dans les miroirs. Il s'est construit un visage qui ne lui ressemble pas. Il est malade de reconnaissance, ne peut supporter de déplaire. Quoi, se suicider médiatiquement en sombrant dans le crime passionnel ? Compromettre ce savant travail d'érection d'une statue à sa propre gloire ? L'étreinte des mains d'Y., autour du cou de Pauline, s'est desserrée. Il s'est relevé comme un pantin mécanique. Toujours aussi fou il est reparti, l'abandonnant sur le plancher, meurtrie.

« Que vas-tu faire ?

— Rien. Que veux-tu que je fasse ?

— Tu devrais porter plainte. Ou au moins déposer une main courante.

— Non, je ne veux pas lui faire de mal. Il souffre tellement, en ce moment... »

À quoi bon être psy ? Pauline me ressort le mièvre credo des femmes battues.

« C'est de l'inconscience. T'es pas dans ton état normal. Tu sais, il ne s'agit pas d'envoyer ton ex sous les verrous. Mais ça lui ferait du bien de rencontrer la loi. De devoir répondre aux questions d'un inspecteur. Justifier ses actes. Ça remettrait un peu de réel dans ce tourbillon.

— Je ne peux pas faire ça.

— Pourquoi ?

— Si je parle, l'affaire est demain dans *Paris-Match* ou dans *Voici*.

— Pas sûr. Tu ne fais pas confiance à la police ?

— Pff... Mais non. Les flics sont tellement corrompus. Dès qu'ils ont une occasion de mouiller un *people*, ils téléphonent aux journalistes direct.

— C'est dingue, tu cherches à le protéger. Il a essayé de t'étrangler et toi, tu crains pour son prestige.

— J'ai affaire à un malade. Je ne crois pas que ce soit le meilleur moyen de le guérir.

— Comme tu voudras. »

Ce qu'il y a de bien, avec Pauline, c'est que le déclic du désir fonctionne au quart de tour. Même fourbue, secouée, esquintée après cette tentative de meurtre avortée, il suffit d'un geste, que nos lèvres se rejoignent et la cinématique du sexe se réenclenche aussitôt. Pas la peine de réfléchir. Nous nous laissons aller en pilotage automatique.

J'ai raconté plus tôt la conversation que nous avons eue, quand elle marchait en forêt, essoufflée, et qu'elle m'a annoncé sa fausse couche. Pourtant, je n'ai pas tout dit. Pauline a donné un détail supplémentaire. Elle m'a avoué qu'elle faisait *toujours* des fausses couches. C'était au moins la sixième fois. Elle était allée consulter à ce sujet, on lui avait découvert un col de l'utérus trop large, mal formé. À la prochaine grossesse, les médecins lui conseillaient de rester étendue et de se faire « cercler ». C'est le mot qu'elle a employé. « Cercler. » Ce terme m'a fait tressaillir, m'a rempli de dégoût. J'imaginais un anneau de fer médiéval resserrant les chairs, transformant sa vulve en cadenas ou pire, en souricière.

Avez-vous entendu parler de ces prostituées vietnamiennes qui, durant la guerre, se mettaient dans le vagin un rond d'acier affûté comme un rasoir ? Le GI américain les pénétrait sans problème. Quand il sortait, l'acier le châtrait net. D'hémorragie, il mourait sur-le-champ. Pourquoi j'évoque ces horreurs ? C'est plus fort que moi, l'image du cercle me rebute.

Le problème de Pauline – l'une des raisons, peut-être, pour lesquelles chacune de ses histoires d'amour fait naufrage, à tel point qu'elle n'a pu s'attacher qu'Y. le psychopathe – c'est qu'elle aborde la question du corps sous un angle prosaïque, cru. Elle se connaît assez pour jouir sans frein, c'est entendu. Mais elle a parfois des remarques stupéfiantes. Jugez plutôt :

J'ai deux doigts plongés dans son derrière, que j'élargis tranquillement, tout en allant et venant dans son sexe. Elle murmure d'une voix hachée : « Tu me fais jouir... Tu me fais joui... » Je lui bécote la nuque, le long de ses blessures. Je narre peut-être la scène d'une manière sordide, ça ne l'est pas. C'est très poétique au contraire. Nous sommes chez elle, entourés d'un mobilier en acajou noir. Sur la table de nuit brûle une chandelle rouge, qui seule nous éclaire. Pauline est allongée sur le ventre. Il fait chaud. Sur la sono, passe un disque de suave jazz. Dans leurs cadres, des gravures du XIXe siècle nous contemplent dignement. Je retire ma main et m'apprête à aller un cran plus loin. « Non, pas ce soir, murmure Pauline.

— Pourquoi, tu n'as pas envie ?

— C'est pas ça. Mais j'ai de l'aérophagie. Quand tu vas derrière, ça fait remonter trop de gaz. »

Je pousse un soupir de mécontentement. Puis éloigne ma main de ses fesses.

Voilà qui vous donnera une idée plus précise de la personnalité de Pauline. Une fille capable de dire « ça fait remonter trop de gaz », comme elle aurait balancé « j'ai un coup de barre » ou « j'ai envie de chocolat » n'a pas conscience de l'effet qu'elle produit sur son partenaire. Son absence de pudeur en ce qui concerne les phénomènes organiques est tellement saisissante qu'elle confine à l'ingénuité. Elle est obscène sans le savoir.

Jeudi 15 juin :
tu ne la méritais pas

« Mais non, qu'est-ce ce que tu t'imagines ? Je vais très bien en ce moment, dit-elle. Je ne traverse pas du tout une période “macabre”.

— Excuse-moi, mais ton mot avait quand même une tonalité testamentaire.

— Tu te trompes. »

Dès les premières phrases échangées, ma mère a redressé le buste. Toute expression a disparu de son visage. Les yeux dans le vague, un sourire léger aux lèvres, elle fait rempart. C'est une mère-mur que j'ai en face de moi, dans cette brasserie près de l'Opéra où nos couverts font subir de savantes opérations chirurgicales à des bavettes récalcitrantes.

Ce déjeuner, c'est moi qui l'ai sollicité. Ma mère et moi, nous sommes en froid depuis des années. Nous échangeons à peine. Il y a quelques semaines, pourtant, elle m'a fait remettre une enveloppe kraft dans laquelle elle me rendait toutes les photographies qu'elle possédait de moi enfant. Dedans, elle avait glissé ce mot lapidaire rédigé sur une carte bristol : « En souvenir du temps où j'avais un fils. » Moins que peiné, cette formule m'a intrigué. Ma mère ayant dépassé les cinquante-cinq ans, se voyant confrontée désormais au vieillissement, au flétrissement inéluctable de sa beauté, j'ai interprété son geste comme un symptôme, un indice révélateur des angoisses qui devaient l'assaillir. Il fallait qu'elle aille bien mal pour se débarrasser de ces photos. J'ai provoqué ce déjeuner pour voir si je pouvais lui être d'une quelconque aide.

« *En souvenir du temps où j'avais un fils* : ça sonne comme un glas, tu ne trouves pas ?

— Oh, écoute, la phrase n'est même pas de moi. Elle est de Serge (mon beau-père). Il me l'a proposée quand j'ai préparé cette enveloppe, je l'ai trouvée à la fois pertinente et impertinente. J'ai pensé que c'étaient bien les mots qui convenaient...

— Mais ce n'est pas la première fois que tu fais ce genre de choses. Il y a six mois, tu m'as rendu les poèmes que j'avais écrits pour toi quand j'étais petit. Pourquoi ? Quel message essaies-tu de me faire passer ?

— Rien. Je n'ai absolument rien à te dire. Je n'espère plus rien de notre relation. J'ai fait le deuil de mon fils, de son vivant.

— Ton vocabulaire est funèbre.

— Tu te trompes. Pour moi, l'affaire est réglée. Pendant longtemps, j'ai souffert de ta distance, de ton indifférence. J'ai éprouvé de la colère, du ressentiment, du regret. Aujourd'hui, j'ai tourné la page. C'est comme si tu n'existais plus et je me sens soulagée. »

Qu'est-ce qu'elles ont, les femmes, en ce moment ? Que cherchent-elles au juste ? Franchement, c'est bien ma veine. J'ai l'impression qu'en quelques semaines, dans mon rapport à la gent féminine, *la polarité s'est inversée*. Celles qui m'ont le plus aimé fuient à présent tout contact. Elles se retirent comme les vagues que le magnétisme lunaire aspire et qui laissent les rochers à nu. J'aimerais quand même pouvoir mener jusqu'au bout avec ma mère une conversation rationnelle.

« Depuis que je suis adolescent, dis-je, je te fuis. Normalement, si j'avais été comme les autres, j'aurais recherché la confrontation avec toi. Nous aurions eu des scènes, des démêlés. Il y aurait eu une phase de révolte puis de réconciliation. Moi, je me suis seulement replié sur moi-même. J'ai cessé, presque du jour au lendemain, de t'adresser la parole...

— Je sais. On en a déjà parlé.

— D'accord. Mais aujourd'hui, je crois que j'ai une explication à cette attitude. Je ne me suis pas confronté à toi, parce que je n'en avais pas la possibilité. Quand j'étais petit, après le divorce, pendant ces années où nous avons vécu seulement tous les deux, j'étais un peu plus que ton enfant. J'avais un rôle particulier. J'étais ton confident, je connaissais toutes tes histoires, tes démêlés avec tes amants... »

La bouche de ma mère s'étire. Mécontente que je convoque ces fantômes.

« Pff... Quand tu parles de mes amants, il n'y en a pas eu tant que ça.

— Ben, il y avait l'homme d'affaires du Midi...

— Ah oui, Paul-Henri. J'ai failli refaire ma vie avec lui. Mais il est tombé malade. Le cancer... » Elle prononce ces derniers mots comme si cela allait de soi de quitter un homme mal en point... Je m'en fiche, je n'aimais pas ce Paul-Henri friqué, qui avait des caméras de vidéosurveillance dans le jardin de sa villa et une armoire remplie d'armes à feu dans son corridor.

« Et puis il y a eu le type de Pau.

— Peuh... Il menait double vie.

— Et le mec qui habitait sur une péniche, là, Gérard.

— Ah, il était franchement pas raffiné. À part ces trois-là, je te mets au défi d'en trouver d'autres.

— François, le gynécologue.

— Je n'étais pas amoureuse. C'était purement physique.

— Samuel, l'architecte.

— Un pervers.

— Habib, le Tunisien.

— Ça n'a duré qu'un été.

— Et puis l'Arménien, qui habitait en face de chez nous.

— Ah bon ? Je ne me rappelle pas avoir couché avec lui.

— Je ne compte pas les mecs de passage. Ceux qui ne sont restés qu'un soir ou un weekend.

— Et alors ?

— Non seulement je mentais sur tes emplois du temps, je ne disais pas à Pierre que tu avais vu Jacques la veille, non seulement j'étais complice de toutes tes aventures compliquées, mais en plus, je jouais auprès de toi un rôle de protecteur. Quand je pense à toi pendant cette période, j'ai l'image d'une femme qui, le week-end, avait le cafard et restait toute la journée en robe de chambre à regarder la télé comme une somnambule.

— Je me demande où tu es allé chercher un truc pareil.

— Tu ne t'en souviens pas ? De ces longs dimanches de grisaille où tes amants avaient déserté, où tu n'avais plus aucune envie de sortir, plus d'entrain, où tu restais avachie ?

— Écoute, j'ai toujours été une femme très active. J'ai travaillé pendant toutes ces années, j'ai gagné ma vie, je me suis occupée de toi. Alors, peut-être que j'ai eu quelques moments de baisse de pression, mais je n'ai jamais ressemblé à l'épave que tu décris.

— J'essaie seulement de t'expliquer que j'avais l'impression, quand j'étais enfant, de devoir veiller sur toi. Pas comme un fils, plutôt comme un frère ou un ami très proche. C'est pourquoi je ne t'ai pas affrontée par la suite. Je me suis éloigné. Mais sans haine. Aujourd'hui, je n'arrive pas à éprouver de l'amour pour toi. C'est un handicap chez moi, une infirmité. Voilà ce que tu devrais comprendre. Je ne parviens pas à t'aimer. Je voudrais, mais cela ne vient pas. J'ai toutes les raisons d'avoir pour toi de l'affection et de la reconnaissance, mais ces sentiments ne déferlent pas dans mon cœur. Au contraire, quand je pense à toi, je ressens une sorte de gêne, une froideur. Ce n'est pas la peine de me traiter comme un ennemi, comme un fils prodigue ou répudié. Tu n'as pas besoin de m'envoyer ces mots tranchants et définitifs ni de me rendre toutes les photographies de mon enfance, comme si tu étais morte et que ces affaires me revenaient en héritage...

— Je comprends pourquoi Mathilde t'a quitté. Tu es odieux. Est-ce qu'elle a trouvé un autre homme au moins ?

— Euh... Oui, je crois qu'elle a quelqu'un. Moi aussi, d'ailleurs, j'ai rencontré une femme. Une psychanalyste, figure-toi. Elle est belle, très intelligente...

— Tu ne peux pas savoir comme je suis contente... » Ma mère a reposé ses couverts. Les mains croisées au-dessus de son assiette, elle darde vers moi ses prunelles d'acier pâle : « Je suis vraiment contente que Mathilde ait quelqu'un dans sa vie. Tu ne la méritais pas. »

Lundi 19 juin :
on fait connaissance en même temps avec un tube digestif

« Tu n'as rien vu », dit-elle en refermant prestement une boîte en plastique contenant un riche assortiment de pilules de toutes tailles, plates ou ovoïdes. Sur le rebord de son assiette en faïence, avant le dîner, elle a disposé l'arsenal complet de ses remèdes, comme font les vieux par crainte d'oublier un cachet. Elle se les envoie un par un à petites gorgées d'eau.

Pauline est très malade, mais sa guérison est en bonne voie. Du moins, à ce qu'elle prétend. Pour ma part, je ne crois pas tellement à sa maladie. Dès que le lien s'est resserré et que nous avons été amenés à partager des fragments de quotidien, cette pomme de discorde est apparue entre nous : il ne se passe pas un jour sans que Pauline se rue dans un laboratoire d'analyses, chez un homéopathe, un acupuncteur, un ostéopathe ou un collègue psy. Évidemment, elle ne supporte pas qu'on remette en cause la réalité de ses maux. La première fois qu'elle m'a parlé de sa *grande maladie* – qui, comme par hasard, n'appartient pas aux pathologies répertoriées par les méchants allopathes, et n'est connue que de quelques marginaux éclairés des médecines parallèles – je me suis permis de hausser les épaules et de lancer de légers sarcasmes. Malheureux ! Elle m'a aussitôt accablé de mots à rallonge et m'a brandi sous le nez des pages entières d'analyses indéchiffrables.

C'est peut-être le signe d'un manque d'affection de ma part, me dis-je. Soit Pauline est vraiment malade, et elle a raison de vouloir se soigner. Soit elle ne l'est pas, dans ce cas elle est un peu toquée, elle a maladivement besoin de prendre soin d'elle, et je devrais la rassurer plutôt que la railler. Voilà comment je raisonne quand j'essaie de me montrer compréhensif. Pourtant, il n'y a rien à faire, chaque fois que je la vois se masser avec des huiles essentielles, avaler des infusions, des gélules de levure ou de gelée royale, un rictus me vient aux lèvres. Je renoue intérieurement avec l'une de mes passions les plus anciennes : la misogynie.

C'est ce moment que choisit un serveur pour apparaître au coin de notre table, les hanches ceintes d'un large tablier noir d'Auvergnat. « Vous avez choisi ? »

Pauline hésite. La voici confrontée à une situation terriblement embarrassante, qui représente à ses yeux le deuxième *point noir* de l'existence après la santé : elle doit choisir ce qu'elle va manger. Rien de plus difficile pour elle. Elle a probablement peur de devenir l'aliment qu'elle ingère. Croquer une poire et devenir poire. Mâcher un beefsteak et se changer en bidoche dégoulinante. Quoi de plus cauchemardesque, envisagé sous cet angle ?

« Il vous reste de la tarte aux poireaux ?

— Non, la dernière est partie y a dix minutes.

— Ah... Je vois. Et du lieu au beurre blanc ?

— Pas cette semaine. Ça dépend des arrivages.

— Dans ce cas... Je lis que vous avez du bœuf en marinade.

— On a.

— Pouvez-vous me dire dans quelle sorte de marinade vous trempez la viande ?

— Pardon ? demande le bougnat en se grattant derrière l'oreille avec son crayon.

— Eh bien, il y a de l'huile d'olive ou pas ? Vous mettez quelles herbes dedans au juste ? Et des baies, vous utilisez des baies ou du poivre ?

— Euh... Ça, faudrait demander voir au chef. »

Le bougnat soupire. Tout ce qu'il veut, le pauvre homme, c'est enregistrer sa commande. Quant à moi, je suis pressé d'en finir avec ces tergiversations gênantes.

Le premier soir, après avoir couché avec Pauline, je lui ai balancé comme ça, au milieu d'une de nos conversations échevelées, pour faire mon intéressant : « Quand je me suis séparé de ma femme, j'étais plutôt content à l'idée d'avoir des aventures, de découvrir des corps, d'autres façons de baiser. Il n'y a qu'une chose qui m'embêtait. Quand on rencontre une nouvelle fille, on fait connaissance en même temps avec un tube digestif. » Pauline m'a demandé ce que j'entendais par là, en fronçant les sourcils. « Ben, c'est simple, ai-je continué sans me douter que j'abordais un sujet sensible, toutes les filles ont leurs chichis, leurs petites névroses alimentaires. La plupart sont constipées, quelques-unes ont la diarrhée... » Très pro, elle m'a braqué dessus ses grands yeux et a rétorqué : « Tu devrais plutôt te demander pourquoi toi, tu rencontres toujours des filles qui ont des problèmes digestifs. »

Maintenant, son visage est contracté. Seule contre deux. Deux machos peu disposés à la laisser faire des manières. Blême, les sourcils pincés, elle se concentre. Non, il n'y a visiblement rien sur ce menu qui lui agrée. Mais le bougnat et moi guettons sa réponse. Après un silence d'une quinzaine de secondes, elle désarme enfin : « OK, ça va. J'arrête de vous embêter. Je prends la marinade. »

Princesse au petit pois : un soir avant de dormir, comme elle se plaignait que la couette était mal houssée, si bien qu'elle formait un boudin, j'ai traité Pauline de « princesse au petit pois ». Elle a aussitôt éclaté de rire. « Pourquoi tu m'appelles comme ça ? »

L'expression était sortie toute seule. « C'est fou, mon premier copain, tu sais, l'Anglais dont je t'ai parlé (elle m'avait effectivement évoqué un coureur invétéré, dont elle avait été folle amoureuse à dix-huit ans et qui lui en avait fait baver), il me surnommait *princess of the pea*. » Elle m'a rapporté ce détail avec une sorte de ravissement dans la voix.

Pauline n'a pas honte d'être capricieuse, elle n'y voit pas un travers d'enfant gâtée qu'il faudrait réfréner. Pour elle, il s'agit d'une forme d'espièglerie, mieux, de coquetterie. Plus elle se montre difficile pour le confort ou la nourriture, et plus elle se sent désirable. Le matin, elle refuse de boire du thé industriel – elle achète son thé uniquement chez Mariage –, de manger des biscottes – trop de conservateurs, suffit de regarder la composition – ou du pain blanc – indigeste, la farine est trop raffinée. Du coup, quand elle vient dormir chez moi, elle apporte *son* thé et *son* pain noir. Un matin, elle a quand même refusé de petit-déjeuner au motif que je n'avais pas de beurre, et qu'elle ne supportait pas les tartines sèches.

Princess of the pea : il faut réunir tant de conditions pour pourvoir à son bien-être ! « J'ai été très mal élevée », dit-elle en guise d'explication. Issue de la haute bourgeoisie, Pauline a passé une enfance de châtelaine dans un manoir près de Barbizon, entourée de domestiques, au milieu d'un parc de plusieurs hectares. Le miel provenait de leurs ruches, les laitages de leurs chèvres et de leurs vaches, les fruits de leur verger, les légumes de leur potager. Et tous les métayers leur apportaient chaque jour de splendides verdures et victuailles ! Après avoir quitté ce microcosme, Pauline dut se rendre à l'évidence : pour elle, il n'y aurait rien au monde de comestible. Étonnante princesse. Il n'est qu'un domaine dans lequel elle ne se montre pas chichiteuse : le sexe.

D'où lui vient une telle faculté ? À Barbizon, elle a été très tôt initiée. Grâce à son oncle d'abord, qui la masturbait régulièrement, entre ses cinq et ses douze ans. Et puis, les amants de sa mère, qui allaient et venaient librement dans le manoir, en caleçon, la serraient dans les recoins ou la forçaient, avec l'aval de la marâtre, à partager leur bain. « Il y a une chose qu'on ne dit pas à propos des filles abusées », m'a expliqué Pauline, décidément très pro. « Elles sont plus sexy que les autres, elles prennent plus leur pied. Faut bien qu'on ait une revanche ! »

Un soir, comme elle me parlait de son enfance, je lui ai demandé : « Je ne sais pas si tu es mythomane, mais j'ai l'impression que ton passé ne ressemble à aucun autre. Quand tu parles de toi, de ton expérience, tu te présentes toujours comme une personne hors norme, exceptionnelle. » Sans se démonter, Pauline a relevé la manche de son chandail. « Mais j'ai une histoire pas banale. » Tournant son bras, elle m'a montré le gras du biceps : « Tu ne vas quand même pas prétendre que tout le monde a ce genre de chose ? »

J'écarquillai les yeux. Dans la chair, une cicatrice compliquée formait des lettres. « C'est une scarification. Il y a écrit ISS. J'ignore ce que cela veut dire. » Là-dessus, Pauline s'est lancée dans un étrange récit. Quand elle était petite – âgée de six ans, environ – elle aurait été conduite avec un cousin du même âge dans un cimetière, au beau milieu de la nuit. Sa mère était présente, mais pas son père. Et un Africain très grand, avec des yeux jaunes et une barbe grisonnante, a dirigé une sorte de rite chamanique. Des bougies brûlaient. Le Noir psalmodiait. Les deux enfants reçurent l'ordre de se déshabiller, de s'allonger de tout leur long sur une dalle. La mère leur maintenait les bras, tandis qu'à l'aide d'un poignard il gravait ces entailles dans leur chair.

Quand elle m'a rapporté cela, Pauline était sérieuse. Aucune dérision dans son propos, elle était émotionnellement très impliquée, elle revivait la scène. Elle semblait vraiment prête à tout pour m'impressionner, pour me prouver le caractère unique de son destin. Et moi ? Face à cette princesse ensorcelée, je me sentais méfiant comme un paysan, les pieds dans des grolles qui collent à la terre.

« Alexandre, me dit-elle en déchirant une tranche de bœuf mariné. Je te trouve moins amoureux depuis quelque temps... »

Face à une accusation comme celle-ci, deux possibilités : se récrier avec une main sur le cœur ou jouer l'indifférence. J'opte pour la seconde.

« Mmh... À quoi tu le vois ?

— Des attitudes, des choses que tu dis ou que tu ne dis plus. Tu as remarqué que tu ne me faisais jamais de compliments ?

— Non.

— C'est tellement banal, tu sais. Tous les mecs sont plus ou moins comme ça. Plus je me donne à toi et moins j'ai le droit à ton estime. Je ne représente plus pour toi qu'un objet, un accessoire vaguement utile à ta satisfaction sexuelle. Et puis, tu as des gestes bizarres quand on fait l'amour.

— Lesquels ?

— Des petites choses. T'hésites pas à me mettre les doigts dans la bouche après les avoir rentrés dans mon cul. Ce n'est quand même pas très sain. Ça doit correspondre à un besoin de me souiller, tu ne crois pas ? J'ai le sentiment que tu veux me salir en ce moment.

— Tu interprètes trop. Pour moi, une relation sexuelle n'est vraiment accomplie que si je profite de tous les trous de la femme, si je pénètre la bouche, le sexe et le cul. C'est comme ça que l'union de chair me paraît pleinement consommée. Il y a plusieurs manières d'y parvenir. La méthode la plus conventionnelle consiste à commencer par une fellation pendant les préliminaires, à enchaîner sur le coït et à pratiquer la sodomie en dernier. Pourtant, on peut imaginer d'autres combinaisons, un peu moins hygiéniques sans doute, mais pas moins jouissives.

— Tu as raison, conclut Pauline après un long moment de réflexion. Moi aussi, je trouve l'acte plus fort quand tous ces éléments sont réunis. Mais j'observe. Et j'ai quand même la conviction que tu as besoin de rabaisser une femme, si elle te donne du plaisir.

— Pourquoi j'aurais ce besoin ?

— Oh, c'est simple. La peur. Parce que la femme représente pour toi une menace, un danger, une entité contre laquelle tu ne peux pas lutter... Pour t'en dire plus, il faudrait que j'en sache davantage sur toi. »

Je ne peux pas m'empêcher de faire une association d'idées avec ma mère. Peut-être au fond ai-je peur d'elle, et des conséquences psychologiques qu'entraînerait pour moi une relation authentique entre nous ? De toute façon, la dernière entrevue a ajourné tout espoir de réconciliation.

« Que me conseilles-tu ?

— Dans quel sens ?

— Si je cesse d'être affectueux, de respecter la femme pour laquelle j'éprouve du désir, comment faire pour lutter contre cette tendance ?

— Là encore, j'ai peu d'éléments pour en juger. Mais quand on baise, tu es très silencieux, tu ne fais pas beaucoup de bruit. Pour ma part, je pense que tu veux toujours contrôler tes émotions. Tu es dans la maîtrise, Alexandre. Tu ne gémis pas pendant l'amour, je ne t'ai jamais vu pleurer alors que tu traverses une période difficile.

— C'est vrai, il y a des années que je n'ai pas pleuré.

— Tu te rends compte ? C'est très grave. Tes émotions, il faut absolument que tu les exprimes, que tu les laisses sortir, sinon tu risques de somatiser, de tomber très malade. Moi, par exemple, je suis tellement déçue par la fin de mon histoire avec Y. que je pleure un quart d'heure chaque jour. Mais le reste de la journée, je me sens bien, je suis joyeuse. Toi, tu donnes l'impression d'être bloqué. De ne pouvoir vivre ni la peine ni la joie.

— Tu as raison, hélas. Parfois, je me fais ces mêmes réflexions. Mais je ne parviens pas à changer de manière d'être comme ça, par une simple décision.

— Est-ce que tu as déjà envisagé d'aller voir un psychanalyste ? »

Mardi 20 juin :
nous n'y risquons pas seulement notre corps

Attablé à une terrasse de café, avant d'aller au bureau, je rassemble mes forces. C'est le matin, je n'ai pas assez dormi. Je ne sais comment je vais supporter les douze heures de travail qui m'attendent. L'écran d'ordinateur qui brûle les yeux, la chaise qui casse le dos, les phrases qui se brouillent, les textes qui finissent par former des pavés de gris.

Je sors de mon cartable une feuille et un stylo. Avant que ces voix ne se dissipent, je veux retranscrire la bande-son du dernier ébat, celui du petit matin. On ne sait jamais. Comme matière première, cela pourra toujours servir. Voilà :

— Dis-moi des trucs. Vas-y. Parle-moi. Dis-moi des trucs.

— J'ai envie de te prendre, de te défoncer.

— Défonce-moi.

— Tu aimerais que j'aie deux bites, pour t'en enfoncer une autre dans le cul ?

— C'est bon.
— Comme ça tu aimes ?
— J'aime ta queue. Elle va loin. Elle est longue. Elle est grosse. Elle est puissante.
— Et ça, tu aimes ?
— J'aime tout. Mords-moi. Oui, mords-moi les seins. Plus fort.
— Tu n'as pas mal ?
— Je te dirai quand j'aurai mal.
— Toujours pas ?
— Aïe, c'est trop.
— J'arrête.
— Non. Malaxe encore. T'arrête pas. Tu me fais jouir. Oui, tu me fais jouir. Tu me fais jouir.
— Tu rajeunis quand je te baise. Tu parais dix ans de moins. Je ne vois plus tes rides. Tu es souple. Tu es rose. Tu es belle. Tu es à moi. J'ai envie de te casser les os.
— Je suis contente.
— Je pourrais te faire l'amour des heures comme ça, sans m'arrêter. Jusqu'à ce que t'en puisses plus. Jusqu'à ce que tu me supplies. Jusqu'à ce que tu sois trop sèche pour continuer. Jusqu'à ce que ça te brûle, jusqu'à te faire mal.
— Ça m'étonnerait.
— Ta chatte est chaude. Large. Résistante. Élastique.
— Non, ne m'étrangle pas. Ça je déteste. Je ne supporte pas qu'on m'étrangle.
— Dommage. J'aime bien contrôler ta respiration.

— Par contre, tu peux m'embrasser dans le cou. Ça j'aime. Embrasse-moi...

Pourquoi nous autres, en ce début de XXIe siècle, accordons tant d'importance à la sexualité ? Pourquoi est-ce le domaine dans lequel nous avons décidé de nous réaliser, de découvrir notre moi profond ? Pourquoi la vie sexuelle nous paraît-elle si indispensable à l'épanouissement de notre personnalité ? Les hommes du XIXe siècle ou de l'Ancien Régime ne s'en souciaient pas tant. L'effondrement des grands systèmes d'explication du monde nous a laissés face à cet ultime mystère : le sexe. Nous en attendons désormais révélation et accomplissement, comme nos ancêtres demandaient à Dieu de se porter garant de l'intégrité de leur âme.

À chacun de nous, la question sexuelle se pose avec une régularité, une intensité telles que nous ne pouvons jamais nous targuer de l'avoir résolue. Nous sommes tous logés à la même enseigne. D'ailleurs, l'approche de Freud dans les *Trois Essais sur la théorie de la sexualité* n'est qu'à moitié convaincante. Comme la plupart des penseurs qui se penchent sur la chose, il envisage le sexe à partir des attirances décalées, des perversions. Il s'interroge sur la nature du sadisme, du masochisme, du fétichisme, etc. Entre-temps, ce qui continue à résister à l'analyse, c'est notre pain quotidien : la sexualité moyenne, banale, hétérosexuelle, du couple. Il y aurait d'importantes recherches à entreprendre pour en saisir les enjeux authentiques, les mécanismes, les hauts et les bas. Reste à écrire une psychopathologie du coït ordinaire.

La tâche est immense et, rassurez-vous, je ne vais pas m'y essayer dans le cadre de ce bref compte rendu d'une période agitée de ma vie. Aussi, je me contenterai d'une remarque liminaire : il nous manque un concept, un mot pour désigner la part de nous-mêmes que nous investissons dans les rapports sexuels. Nous n'y risquons pas seulement notre corps. Car, si jamais la question était seulement physique, on ne pourrait pas expliquer que les viols, qui la plupart du temps ne laissent aucune séquelle, puissent détruire si durablement leurs victimes. Même lorsque celles-ci sont des nourrissons, leur psychisme reste endommagé. Impossible également de réduire cette part à l'âme, ou à des entités comme la conscience ou l'inconscient. Car la sexualité se joue aussi et surtout dans le contact des peaux, l'échange des phéromones, des salives et des sueurs, dans la confrontation des corps. Il faut donc postuler l'existence d'une instance qui n'est ni somatique ni psychologique, mais à la croisée des différentes dimensions de la personne humaine. Cet être-pour-le-sexe, je propose de l'appeler l'*ego libidinal*.

L'homme, tel que le pensaient les philosophes des Lumières, se caractérisait surtout par sa rationalité. L'homme contemporain se définit de préférence par son *ego libidinal*. Si cet ego est menacé, agressé, ou tout simplement frustré, le sujet se sentira incomplet, il sera gêné à chaque instant de son existence et dans ses relations à autrui. Votre *ego libidinal* est en pleine forme ? La chance vous sourira. Telles sont du moins nos nouvelles hiérarchies. Bien sûr, il serait faux de penser que l'*ego libidinal* a joué le même rôle de tout temps. Certaines époques l'ont ignoré, aucune ne l'a exalté autant que la nôtre. Notez que, même si l'*ego libidinal* n'est pas une catégorie *a priori*, transcendante, mais une représentation historiquement déterminée, il n'en reste pas moins très difficile de s'empêcher d'y croire. De même qu'il était impossible d'être authentiquement athée au cœur du Moyen Âge chrétien, car on n'envisageait alors le monde qu'à travers le prisme de la religion, il n'est pas simple de s'arracher à la représentation dominante dont nous sommes accablés aujourd'hui. Qui peut se vanter de n'accorder aucune importance à la libido, de ne même pas s'en soucier ?

Je sens encore, au bout de mes doigts, sous mes ongles, les odeurs de Pauline. C'est un fumet musqué, qui se rapproche des exhalaisons des venaisons, de la chair du chevreuil ou du sanglier.

Si j'étais assez fort, j'indiquerais un moyen pour en finir avec l'*ego libidinal*, croyez-le. Pour vous libérer, et m'en défaire par la même occasion. Mais je suis veule et sensible aux séductions terrestres. Je ne renverserai pas l'ordre des temps présents.

Je me souviens de ce que j'ai éprouvé la première fois que j'ai fait l'amour avec une femme. Je me suis dit : c'est extraordinaire, il y avait un lieu dans le monde fait pour moi.

Samedi 24 juin :
j'aurais préféré pas exister

« Papa... C'est comment que je suis né ?

— Ben, tu es sorti du ventre de maman.

— Ça je sais, d'accord. Mais comment j'y suis entré dans son ventre ? Comment les papas et les mamans font pour avoir des enfants ? »

Aïe... Voici la grande question. Tout parent devrait se préparer à se l'entendre poser, un jour ou l'autre, et tenir prête une réponse. À chacun sa politique : contourner le problème, laisser flotter un certain flou, ou bien livrer toutes les informations scientifiques nécessaires dans un langage compréhensible par un enfant. Au risque de vous étonner, de passer pour un père désinvolte, je dois avouer que je n'ai jamais rien prémédité de tel. J'imaginais bien qu'un jour Julien me demanderait des éclaircissements sur l'origine du monde, seulement voilà, l'étape me semblait encore lointaine. Cinq ans et demi... Mon gamin m'a pris de court.

La petite main de Julien est blottie dans la mienne. Cela va faire bientôt un mois que je suis séparé de Mathilde. Mais c'est seulement le premier week-end où j'ose l'accueillir chez moi. Jusqu'ici, nous avons menti. Papa dort dans son bureau, il a beaucoup de travail en ce moment : c'était la version officielle. Mais j'ai quitté mon sous-marin, pour une location provisoire. J'habite désormais dans le XVIIIe arrondissement, je sous-loue l'appartement d'une fille partie en mission humanitaire quelque part entre le Guatemala et la Patagonie. Jusque-là, je ne voulais pas que Julien vienne dormir chez moi. Ça me paraissait trop dur de lui faire constater l'étendue du désastre, de matérialiser devant ses yeux innocents l'évidence : sa maman a une maison, son papa une autre. Nous n'avons jamais été mariés, pourquoi connaîtrions-nous les mêmes affres que les divorcés ? Les week-ends de garde, où le père recueille le rejeton pendant que maman se fait copieusement troncher ? Passez sur la vulgarité.

La petite main de Julien est blottie dans la mienne, comme un oiseau blessé. Nous marchons sous une halle Art déco. De part et d'autre, s'élèvent des haies de pendules, d'armoires normandes, de statues, de cheminées en faux marbre, de bustes de couturière, de masques nègres et de croûtes aux couleurs de vomi. Je me suis gouré sur la sortie du samedi, il faut bien le dire. Comme j'habite à deux pas de la porte de Clignancourt, j'imaginais que Julien prendrait plaisir à visiter le capharnaüm des puces. Je croyais l'intéresser. Nous nous sommes retrouvés plongés dans une bousculade, agressés par des vendeurs à la sauvette, racolés par des Maliens faméliques ou des titis à l'accent gouape, braillant par-dessus leurs étals de camelotes et de contrefaçons. Rien, là-dedans, pour divertir un gosse. Et une chaleur de près de quarante degrés, une authentique canicule en ces derniers jours de juin. Nous avons fui les attroupements pour nous retrouver dans un marché d'antiquités latéral et désert, ennuyeux à mourir. Sous la halle au moins, il y a de l'ombre.

Depuis la veille, Julien fait preuve d'une clairvoyance abrupte. En entrant chez moi, il s'est affalé sur un pouf et m'a lancé dans un soupir : « Ah papa, tu m'as fait de la peine. » La voix étranglée par un sanglot, je lui ai demandé pourquoi. « Tu me manques beaucoup. » Plus tard dans la soirée, alors qu'il terminait ses petits-suisses aux fruits, achetés spécialement pour l'occasion, il m'a asséné ce constat nietzschéen : « Moi, j'aurais préféré pas exister. » Et d'ajouter : « C'est vrai, ça aurait été mieux de ne pas naître. » Nul étonnement qu'il s'interroge sur sa raison d'être, sur la nécessité de sa présence sur terre, si l'amour dont il est issu se délie. Sincèrement, j'aurais préféré lui éviter ces incursions prématurées dans la sphère métaphysique.

Et maintenant, cette question qui achève de me démoraliser : « Comment font les papas et les mamans pour avoir des enfants ? » Nous sommes en 2006, il serait vieux jeu d'inventer une fable ou de dévier la conversation. Pourtant, je suis tenté. Si je me loupe, si je réponds mal, je lui fournis de quoi se névroser à fond pendant des années. Conscient de mes responsabilités, je tâtonne : « Eh bien, le papa dépose une graine dans le ventre de la maman, qui va ensuite y grandir. À Péronne, tu as déjà vu pousser les glycines et les tomates. Toi aussi tu as planté des petites graines dans le jardin... Le papa, c'est la même chose. Il met une graine dans la maman...

— Comment il fait pour la mettre ?

— Il fait un câlin très, très fort avec la maman. Un câlin spécial. Et la graine passe à ce moment-là. »

Je retiens mon souffle. Pourvu qu'il ne m'en demande pas davantage. Je n'ai pas envie de donner des précisions anatomiques, de convoquer Zizi et Kiki pour narrer leurs joyeuses enfilades. Il est trop jeune. Aucune envie que Kiki et Zizi en gloire se promènent dans l'imagination de mon fils, reviennent dans ses cauchemars.

« C'est quoi, ce câlin ?

— C'est un câlin qu'on peut faire seulement quand on s'aime très, très fort. » Éviter l'anatomie, s'en tenir à l'étage supérieur : les sentiments. « Quand nous avons décidé de t'avoir, ta maman et moi, nous nous aimions beaucoup. C'est pour cela que tu es né, que tu es arrivé sur terre. Parce que notre amour était énorme.

— Moi, plus tard, quand j'aurai une amoureuse, comment est-ce que je saurai faire ce câlin ?

— Tu devineras. On y arrive tous. »

Hélas, mon fils, vu ta génération, tu auras maté une bonne dizaine de films pornos avant d'essayer. Mais il n'est pas temps d'y penser. Même franc-tireur, amoral ou dépravé, il est amusant de constater combien on se montre prudent, normatif dès qu'on est dans le rôle de l'éducateur, face à ses enfants. *Janus bifrons* : prêt à tous les excès en tant que monade, traditionaliste en tant que géniteur. Bah... Nous jouons tous de plusieurs masques selon les circonstances. L'époque n'est pas seulement porno, elle est schizo.

« Tu m'expliqueras ?

— Oui, si tu veux... » Là, je m'en veux. J'ai trop édulcoré, je m'en tire à peu de frais. Je décide de poivrer mon exposé : « Julien, il y a encore une chose que tu dois savoir à propos de ce câlin...

— C'est quoi ?

— Il donne beaucoup de plaisir. C'est comme des chatouilles, mais au lieu de faire rire, ça rend heureux.

— J'te crois pas.

— Si, si, je t'assure. »

Un truc qui m'émerveille chez Julien, mais qui est propre à son âge : la capacité à sauter d'un sujet à l'autre, à passer sans transition du grave au léger, sans paraître s'en soucier. Une explication est donnée, elle le satisfait un temps. Elle s'enfonce dans les sables de sa mémoire. Préoccupé à la façon d'un adulte, il redevient joueur en un clin d'œil.

« T'sais quoi ? Louis, à l'école, il m'a dit que son papa il faisait des rots tellement forts qu'il faisait trembler tout l'immeuble.

— Non, c'est pas vrai.

— Si, si, je t'assure. Tellement il est fort son papa à Louis... »

Samedi 1er juillet :
d'un mauve qui se rapproche du noir

Une bouteille de rosé frais au poing, je toque à la porte.

Je me trouve ridicule.

Personne n'ouvre. En tendant l'oreille je perçois nettement des échos qui proviennent de l'intérieur, éclats de voix et musique. J'hésite à remonter l'escalier, mais toque de nouveau.

Une jeune femme en robe d'été, pieds nus, apparaît dans l'entrebâillement de la porte. Elle sourit avec les yeux laiteux, noyés. Elle doit avoir déjà bu pas mal ou fumé. Par-dessus son épaule, j'aperçois une grande pièce de style contemporain, avec des parois de verre, une mezzanine en métal, des spots halogènes répandant une lumière tamisée. Un buffet est dressé. Un téléviseur à écran plat est allumé au milieu d'une grande bibliothèque contenant des CD et des DVD, des bonsaïs et des boîtes de rangement – mais aucun livre. Ici et là, des invités se tiennent debout, un verre à la main. Ces détails, je les enregistre aussi vite que je peux, pour comprendre où je suis en train de mettre les pieds, dans quel milieu.

La jeune femme demande :

« Bonjour. T'es qui, toi ?

— Je suis un voisin. J'ai lu l'annonce, et je me suis dit... »

Ce soir, passe un des matchs du Mondial de football les plus importants pour la France. Il y a quelques jours, est apparue une petite pancarte au rez-de-chaussée de l'immeuble où je loue : « Il y aura une fête samedi pour le match. Nous allons faire du bruit. Rejoignez-nous pour trinquer et vous amuser ! Venez comme vous voulez, mais venez en été... »

Nota bene : si je ne traversais pas une période de crise, si je ne me trouvais pas dans un état modifié de la conscience, jamais je ne me serais intéressé à cette soirée. Le football ne me passionne pas plus que le cricket ou la pelote basque. D'habitude, le grégarisme, les appels à l'épanouissement par le *contact* et la familiarité de rigueur chez les bourgeois bohèmes me donnent de l'urticaire. Je ne suis pas loin de reconnaître dans la gaieté et la sympathie de commande de l'*homo festivus* contemporain un symptôme de la décadence de l'Occident... Une petite phrase comme : « Venez comme vous voulez, mais venez en été », en temps normal, c'est-à-dire tant que je vivais en famille avec Mathilde, me serait apparue comme le comble du gnangnan.

« J'ai trouvé ça vraiment sympa, de proposer à tout le monde de venir. Comme je n'ai pas la télé, je suis venu voir le match ici, enfin, si ça ne vous dérange pas... »

Ne sachant quoi ajouter, je tends ma bouteille de rosé à la jeune femme, qui la prend. Elle me regarde comme si j'étais une sorte de cas social, tire une moue incrédule, se détourne : « Éric !

— Ouais, quoi...

— Y a un mec de l'immeuble, là.

— Attends, bouge pas. »

Un vieux beau à la barbe de trois jours grisonnante, portant une chemise blanche largement débraillée et un pantalon anthracite, arrive et me gratifie du rapide coup d'œil du videur de boîte de nuit. « Alors, t'habites ici ?

— Oui, au troisième.

— T'es un nouveau ?

— J'occupe l'appartement de Sandrine Laffont, qui est partie en mission humanitaire.

— Je vois. C'est cool en tout cas d'être descendu... Est-ce que tu crois vraiment que, parmi tous ces trous-du-cul de copropriétaires, y en a un seul qu'aurait eu l'idée de venir ?

— Je ne sais pas...

— Des emmerdeurs, je t'assure. Règne une ambiance pourrie par ici, dit-il en me soufflant son haleine fleurie au visage. Allez, prends-toi un verre et passe une bonne soirée. »

Quelqu'un siffle... « Vos gueules, le match commence... » Les invités s'installent comme ils peuvent. Je me dégote un tabouret pliable et me retrouve à écouter l'hymne national. La caméra fait son travelling rituel, balayant les faces des footballeurs. Ce n'est pas que les champions aient l'air buté, non, c'est autre chose. C'est leur fol appétit de victoire, leur impatience d'écraser l'adversaire qui les fait paraître profondément limités.

Mais voilà qui est plutôt plaisant : tout le monde dans cette soirée se fout du match. À part deux ou trois mordus, qui gardent les yeux rivés à l'écran et trépignent sur leurs chaises, les autres préfèrent se zieuter. Cinq minutes après le coup d'envoi, les conversations repartent. Des blagues fusent. Les invités retournent au buffet. Le Mondial n'était qu'un prétexte pour se réunir. Les bouteilles circulent. De temps en temps, un des rares sportifs authentiques râle : « Taisez-vous, mais fermez-la, bordel... » Comme dans une classe agitée, le brouhaha s'apaise momentanément.

Mi-temps.

Je suis isolé avec un verre à la main. Une brune plutôt gironde et typée, en robe stretch, s'approche de moi et trinque. Mignon minois, autour duquel les dégradés de la chevelure retombent comme des plumes de corbeau jusqu'aux épaules. « J'adore baiser », déclare-t-elle tout de go, avant d'ajouter : « Je m'appelle Kenza. Et toi, tu t'appelles comment ?

— Alexandre.

— J'adore baiser, mais après ça pose toujours des problèmes. Qu'est-ce que t'en penses ?

— En fait, je n'ai jamais été très judéo-chrétien dans ce domaine.

— Ah ouais ? »

Regardez-moi : debout les jambes croisées, un ballon de vin au poing, j'ai l'air ballot. Mon allusion au judéo-christianisme est tristement pédante. Règle générale : face à quelqu'un qui n'a rien de très spirituel, on paraît toujours le plus idiot des deux quand on veut faire l'intelligent.

« En ce moment, j'ai des seins trop trop gros, dit Kenza. C'est vrai, j'ai une poitrine énorme. Regarde. »

Elle tire sur le décolleté de sa robe. Elle a une belle poitrine couleur sable, assez lourde, avec des aréoles d'un mauve qui se rapproche du noir.

« J'ai jamais eu des obus pareils. C'est normal, je suis enceinte. Deux mois et demi de grossesse...

— Et le père est ici ? je demande, histoire de me raccrocher à une branche.

— Bof... Il s'en fout, le père. L'est même pas au courant. »

C'est bizarre, il y a trois minutes encore je voyais en Kenza une belle plante méditerranéenne, et maintenant, c'est plutôt Dubrovnik après les bombardements qu'elle m'évoque. Si jeune, et déjà une ruine.

Depuis ce matin, une image me hante. Pauline a passé la nuit chez moi. Dans la douche, comme chaque jour, elle s'est rasé la toison pubienne. Car elle garde son sexe glabre, à l'exception d'une fine ligne de poils qui prolonge la fente sur le mont de Vénus. Elle se rase ainsi depuis qu'elle a avorté dans sa jeunesse (encore un naufrage). Et aussi parce que son sexe, ainsi, ressent plus fortement les sensations. Dénudées, ses lèvres supérieures sont plus réceptives aux vibrations, à ce qu'elle prétend. Ce matin dans la douche, elle a fait un faux mouvement. Sa lame devait être usée. Elle s'est entaillée. Toutes les cinq secondes, le sang renaissait de cette coupure. Elle avait beau l'essuyer avec un mouchoir, une nouvelle goutte de sang revenait, invariablement. Cette image m'a vivement dégoûté. Si c'était moi le psychanalyste, je décoderais ça fastoche : cette vision déclenchait en moi effroi et malaise, parce qu'elle symbolise la castration. Peut-être... Les interprétations psychanalytiques valent ce qu'elles valent. Ce qui était fascinant, c'était cette impression de blessure. Je n'avais plus en face de moi une blonde de type nordique, athlétique et fessue, mais une petite chose meurtrie et sanguinolente.

Maintenant, le grand sourire de Kenza m'apparaît aussi comme une blessure.

Moi-même, je suis un grand brûlé.

Vous n'allez pas me croire : c'est à cette seconde précise, au beau milieu de cette soirée absurde chez ces voisins bobos, que je suis atteint par la Révélation. Mathilde. C'est Mathilde que j'aime, et aucune autre. Puis-je sérieusement envisager de partir en vacances en ex-Yougoslavie avec Pauline, comme nous l'avons prévu (nous avons déjà réservé les billets) ? Ai-je envie de vivre avec elle 24 heures sur 24 pendant quinze jours ? De cohabiter avec elle, même à l'essai ? À toutes ces questions, je réponds sans hésiter par la négative. Mathilde, c'est toi que j'aime. Je ne t'ai pas accordé assez de temps, ni de tendresse, ni d'attentions. Cette année, combien de fois t'ai-je dit « je t'aime » ? Elles se compteraient sur les doigts d'une main.

Je suis toujours planté devant Kenza, mais voilà que l'amour fou pour Mathilde reflue dans mon corps, m'envahit. C'est une émotion puissante, je ne la contre pas. Je ne cherche pas à la nier, au contraire. Je la laisse me renverser. *Éprouver de l'amour* : voilà qui ne m'était pas arrivé depuis de longs mois.

« Écoute, Kenza, t'es superbe, mais t'es vraiment trop *destroy* pour moi. Je n'ai pas besoin de ça en ce moment, ma vie est déjà assez compliquée. Excuse-moi, j'ai besoin de téléphoner. »

Alors qu'à la télévision le football reprend, je me précipite hors de l'appartement. Moi aussi, j'ai un match à jouer.

Je sors sur le trottoir. Il fait chaud, poisseux. Il y a une forte odeur d'urine. On entend par les fenêtres ouvertes, en cette belle soirée d'été, des centaines de téléviseurs synchrones. Autour d'un réverbère, non loin, danse une kyrielle de moustiques, seuls êtres vivants dans l'espace public. Au-dessus de moi, le ciel a la jaunisse. Je suis amoureux. C'est fantastique.

Je compose le numéro de Mathilde. L'unique chose qui compte, à présent, c'est de lui dire « je t'aime », lui communiquer mon amour au creux de l'oreille. Au diable toute mesure, les autres partenaires et nos désaccords... Je t'aime, je t'aime. Ces mots si doux, si faciles, qui étaient restés bloqués en moi depuis si longtemps. Première sonnerie. Deux. Trois. Quatre. Cinq. Le répondeur s'enclenche. Elle n'est pas là.

Elle n'est pas là.

Dimanche 2 juillet :
où étais-tu pendant toutes ces années ?

Votre mission : La convaincre.

Vous pouvez utiliser toutes les ressources de la persuasion. Le *mea culpa* larmoyant. La déclaration hyperbolique. L'insinuation doucereuse. Le syllogisme pervers. L'hexamètre dactylique, si vous en avez les moyens. En cette fin de journée votre volonté plane comme un aigle à quelques mètres au-dessus de vous. Vous foncez. Sur votre biclou aux pignons bien huilés, vous dévalez la piste cyclable, long ruban en pente où vous frôlez les flâneurs égarés. Place ! Place ! Vous êtes en action commando. Les frondaisons des platanes filtrent le soleil rasant, répandant une mosaïque de lumière sur le bitume. À toute allure, vous allez La retrouver. La cueillir.

Ce soir, vous avez le cœur martial.

Mathilde me fait entrer dans notre ancien chez-nous. Julien dort déjà. « Je vais faire un thé », dit-elle.

Sur la table, danse une bougie. Nos mains se referment en prière autour des *mugs* fumants. Elle attend. C'est moi qui ai demandé cette audience. Je lui ai dit que j'avais « besoin de lui parler ». Elle a accepté. Non par affection, mais par sens du devoir, par fidélité à cet engagement minimal qui la lie à perpétuité au père de son enfant. Ma présence ne l'émeut plus, mais elle ne me traite pas en étranger. C'est déjà ça.

Qu'ai-je de si important à lui dire ? « Écoute, j'ai repensé à nous, à la vie que nous avons menée ensemble. Et j'ai compris combien je m'étais mal comporté. Je n'ai pas été méchant avec toi, je ne t'ai pas infligé des mauvais traitements. Mais je n'ai pas non plus été gentil. J'ai manqué d'affection. Je vivais à tes côtés, mais ne te voyais pas. Pour moi, ta présence était normale. Je ne te trouvais même pas belle. Ta beauté, j'y étais aussi insensible que si tu étais devenue un membre de ma famille, une sœur ou une mère. Quand nous dînions chez des amis, je te rabaissais en public. Je n'avais de cesse de te défier, de t'ironiser. J'ai exercé sur toi une sorte de harcèlement moral, n'ai eu de cesse de te dominer. Si ton avis s'écartait du mien, je devenais impitoyable. Je dévaluais tout ce que tu aimais et qui ne me plaisait pas. J'ai progressé professionnellement, tu t'es enfoncée. Tu t'es occupée de notre foyer, de notre enfant, je ne t'ai jamais remerciée. Je t'ai vraiment mal aimée...

— Pourquoi dresses-tu un bilan si négatif ? Tu te noircis.

— Non, Mathilde. Je sais comment je me suis comporté. Si tu es partie avec un autre, en un sens je l'ai mérité. Cela devait arriver tôt ou tard, vu la façon dont je te traitais. Donc, je ne t'en veux pas. Je te comprends.

— Tu n'as pas été si désagréable à vivre, Alexandre. Au bout de douze ans, je crois seulement que nous étions un peu lassés l'un et l'autre. Nous avions besoin d'autre chose. »

Je reprends ma respiration. J'ai joué la première mi-temps, la phase d'autocritique. Il me semble avoir marqué un point, mais l'issue du match est encore incertaine. Je retourne à petites foulées sur le gazon.

« Quand nous nous sommes rencontrés, j'avais dix-neuf ans. J'étais jeune. Je ne pensais qu'à moi, à me construire. Mais aujourd'hui, grâce à ces turbulences que nous traversons, j'ai passé un cap. Je suis différent. Mathilde, je suis venu te dire que je t'aime. Si jamais nous faisions une tentative pour revenir ensemble, tu aurais devant toi un homme métamorphosé, changé de pied en cap.

— Quand as-tu changé ?

— Hier soir. Pendant le match de foot. Sans rire. J'ai vécu une sorte d'illumination. Le mot n'est pas trop fort. D'ailleurs, je pense qu'il y a une analogie entre la foi et l'amour. La vraie foi est une sorte de décharge amoureuse. Tous ces saints et ces mystiques qui voient Dieu leur apparaître... Hier, crois-le ou non, il m'est arrivé quelque chose du même genre. Je suis tombé en arrêt. Je me suis dit : C'est Mathilde que j'aime, et personne d'autre. En fait, j'ai du mal à argumenter. Cet amour s'est imposé à moi comme une évidence, comme si c'était la clé de mon être. Aujourd'hui, je peux t'affirmer sans crainte de me tromper : Mathilde, tu es la femme de ma vie. »

Elle pousse un profond soupir, puis se grattouille au centre de sa lèvre supérieure. Un geste nerveux qu'elle fait depuis l'enfance, comme d'autres se rongent les ongles.

« Je ne m'attendais pas du tout à ça », dit-elle. Son front se barre de rides. Soucieuse : « Je n'imaginais pas entendre un jour ces mots-là dans ta bouche.

— Quand je t'ai dit que je voulais te parler, pourtant...

— J'imaginais que tu venais pour me draguer un peu, tu as déjà fait des tentatives dans cette direction. Mais une déclaration comme celle-là... Alexandre, où étais-tu pendant toutes ces années ? Pourquoi tu ne m'as pas déclaré ta flamme plus tôt ?

— Bah, je ne pensais qu'à écrire des bouquins.

— Tu étais en train de tourner à l'aigre, tu sais. »

Je lui prends la main. Avec un peu de chance, je pourrai bientôt l'embrasser. Elle se laisse faire. Maigre, la main de Mathilde que je caresse m'évoque un jeu de perles de bois.

« À quoi penses-tu ?

— Je ne sais pas. Je suis prise au dépourvu. »

J'essaie de remonter vers son poignet, son avant-bras, mais elle se retire tout à coup. Son visage s'est couvert comme un ciel d'orage.

« Pas maintenant. Je suis loin, aujourd'hui. Je ne sais pas si je pourrai revenir... »

Je grimace.

« Le mieux serait que tu partes. J'ai besoin de réfléchir. »

Vous vous relevez, dites au revoir en La pressant contre vous, en L'entourant de vos bras, mais sans essayer de poser sur Elle vos lèvres. Vous vous contentez de cette étreinte chaste, expressive. Puis reculez. Passez le seuil. Descendez doucement la spirale de l'escalier, sans avoir allumé la minuterie. Vous êtes fort. Suffisamment pour attendre, votre mission va durer des mois peut-être. Mais votre extrême détermination vous préserve du découragement.

Sur votre joue, roule une larme.

Lundi 3 juillet :
la douce loi du marché

Il y a un côté commercial dans l'amour. L'acte sexuel ressemble à une négociation. Le but ? Atteindre un accord qui ne lèse aucune des deux parties. D'ailleurs, cette dimension se révèle progressivement. Les accords tarifaires arrivent assez tard dans l'évolution d'un couple. Si je te suce, tu vas en faire autant. Si tu te prêtes au 69 – que tu n'apprécies pas –, tu pourras en échange me griffer. Si tu jouis la première, tu me laisses finir quand même. Si je te lèche les orteils, tu m'autorises à te fourrer trois doigts dans la chatte. Si tu avales mon sperme, je te ferai ensuite un long câlin immobile et tendre. Chaque couple aguerri possède ses conventions tacites, son jeu subtil de poids et de mesures.

Pour Mathilde et moi, voilà comment se déroule l'échange standard :

Le lendemain de ma déclaration d'amour, vers sept heures du soir, je retourne la voir. Elle m'annonce qu'elle a appelé son actuel copain, qu'elle lui a demandé un « temps de réflexion ». À la vérité, ce n'est pas ma sortie d'hier qui est à l'origine de cette prise de distance. Tout était allé trop vite pour eux, ils avaient besoin de souffler, de savoir s'ils étaient capables l'un envers l'autre d'un engagement sincère. Par une heureuse coïncidence, j'ai déboulé au moment précis où leur histoire entrait en phase d'incertitude.

Dix minutes.

C'est à peu près le temps qu'il nous faut pour nous retrouver tout nus dans notre lit conjugal aux draps désormais douteux. Du sexe de Mathilde, coule une eau abondante et visqueuse. Je ne l'ai jamais connue si trempée. Ses aventures lui ont fait du bien, elle est désinhibée. C'est bon de la sentir de nouveau, de retrouver son odeur de terre, de forêt après l'ondée. De cette brune émane un parfum capiteux qui tourne la tête bien davantage que la note acidulée des blondes. Nous avons laissé la lumière. Mathilde, qui n'était pas bien grosse, a dû perdre trois kilos. Son dos est si mince que ses vertèbres font des bosses sous la peau tendue. Ses fesses, toujours pleines, gigotent comme deux ballons nerveux remplis à l'hélium.

Et toujours cette eau qui ruisselle au creux de ses cuisses.

La main de Mathilde s'agite, c'est en se masturbant qu'elle va s'élever lentement, très lentement jusqu'à la jouissance.

« Mets-moi un doigt. »

Je mouille de salive mon index et la caresse.

« Prends-moi.

— Tu aimes ça ?

— Oui, j'adore. »

J'obéis.

« Oh ! C'est bon. J'aime quand tu es derrière.

— Avec l'autre, t'en faisais autant ?

— Non, mon cul est pour toi.

— Tu ne lui as jamais demandé ça ?

— Il n'aimait pas. Il ne connaissait pas. Il a tort. C'est tellement bon. »

Dans quelques instants, Mathilde éclatera en poussant des cris haletants. Quand je serai assuré qu'elle aura savouré l'orgasme jusqu'à la dernière goutte, je me laisserai aller à mon tour. Pour décrire ces minutes-là, je suis à court d'inspiration. Comment mettre des mots sur ce qui n'est que chair et stimuli, accès au plaisir et à l'oubli ?

Masturbation contre sodomie. Telle est, pour Mathilde et moi, la douce loi du marché.

Immédiatement après la jouissance, se produit une catastrophe. Mathilde fond en larmes. Elle s'écarte de moi. Elle est secouée par un énorme sanglot. Désespérée. En colère contre elle-même. Elle gémit d'impuissance. Paniqué, je la regarde se recroqueviller. Tente de lui poser la main sur l'épaule.

« Non, ne me touche pas.

— Qu'est-ce qui se passe ? Qu'est-ce qui t'arrive ?

— Laisse-moi tranquille. Ce n'est plus toi que je veux. »

Je me redresse. Comme l'âme de l'homme est faible et prompte à s'emporter ! Non seulement j'imaginais, en vingt-quatre heures, avoir reconquis la belle, mais j'extrapolais. Il y aurait toujours cette source brûlante, intarissable pour moi entre ses jambes. Désormais, le commerce de chair entre nous ne connaîtrait plus la moindre limite. L'extase de nos retrouvailles me paraissait de nature à durer toujours. Cette Mathilde désespérée qui s'enroule dans la couette est hors d'atteinte.

Je suis seul.

Samedi 8 juillet :
la recherche de la fusion absolue

« Je rêve ou quoi ? Qu'est-ce que c'est que ce concept débile ? »

Pour vous aider, je plante le décor : je suis à Marseille pour le week-end. Mon vieil ami Victor qui vit là-bas m'a invité à quitter la fournaise parisienne et la froideur mathildienne.

Aujourd'hui, nous nous sommes baignés. Nous avons passé l'après-midi étendus à lézarder sur des récifs. Non loin de nous, deux filles bronzaient *topless*. La première, brune comme une olive noire, avait un corps étique et des seins pas plus gros que des citrons verts. Ses cheveux torsadés, mouillés par l'eau de mer, lui dégoulinaient sur le corps comme de la réglisse. La seconde était une blonde à la gorge rose. Aréoles comme des fraises foulées dans de la crème fraîche. Tout en dardant vers ces deux-là des regards obliques, Victor et moi avons donné libre cours, dans nos conversations, à notre *ego libidinal*. Je lui ai raconté comment Pauline avait sorti, un soir, d'un tiroir de sa table de nuit, un gel stimulant pour son clitoris. Puis nous avons glosé sur l'ennui qu'infligent aux hommes les femmes qui ne prennent leur pied qu'en les chevauchant, frottant compulsivement leur pubis contre celui de leur partenaire. Par intervalles, nous nous jetions dans l'eau encore fraîche et nous défoulions en étreignant les vagues.

Ce soir, nous dînons dans un restaurant suspendu au-dessus de la grande corniche. Un coucher de soleil carrément atomique. Des ferries blancs posés sur l'eau comme des gratte-ciel, et quelques chalutiers ridant la moire méditerranéenne. L'air est doux comme une caresse, même à dix heures.

Victor est amoureux d'une petite Provençale. Son histoire avec elle n'a rien de simple, je n'entrerai pas dans les détails. Précisons seulement que ce soir, c'est pour eux l'unique occasion de passer un moment ensemble, avant une séparation de trois semaines. Et c'est pour cette raison – cas de force majeure – que nous nous sommes ajoutés à une soirée où nous n'étions pas les bienvenus.

« Un dîner de filles... je n'en crois pas mes oreilles ! », renchéris-je, inspiré par le rosé et bien décidé à en découdre. « On se croirait dans une série américaine... »

Les six nanas réunies autour de la table ont relevé le nez de leurs assiettes. Elles n'ont pas l'air commodes.

« Ça vous arrive souvent d'organiser ce genre de truc ?

— Presque toutes les semaines.

— Communautaristes. Vous êtes devenues communautaristes, ma parole... Et qu'est-ce qu'ils font vos mecs, pendant ce temps-là ?

— On s'en fout, dit l'une.

— Ils gardent les mômes, dit une autre.

— Ils maternent. Génial. Vous n'avez pas l'impression d'en faire trop, des fois ? » Je n'y peux rien, l'exaspération me submerge. « Quand on sort, c'est toujours pour séduire, non ? Pour plaire et se laisser surprendre par des rencontres. Mais là, dans votre cercle unisexe, il ne se passe rien. C'est vrai, il est chiant comme la pluie votre dîner... De quoi vous avez parlé, depuis le début de la soirée ? De fringues, de régimes. Des bêtises... »

Je reçois un coup de pied sous la table. Victor me jette un regard furax. Mais il ne me musellera pas.

« Si jeunes, et déjà mégères. Vous ne pensez qu'à cloisonner. Vous installez des parois de verre entre les êtres. Les maris d'un côté, les copines de l'autre. Vous y tenez, à votre indépendance, sans voir que vous êtes toutes des suiveuses, en plein dans le troupeau... Vous n'avez même pas commencé à penser par vous-mêmes. Tiens, c'est comme ce qu'on entend aujourd'hui sur l'amour fusionnel. C'est le grand truc, maintenant, dans les magazines féminins, chez les psys de bas étage, de dire que l'amour doit pas être trop fusionnel. Il faudrait éviter les relations de dépendance, les grandes passions exclusives. L'idéal, ce serait que chacun garde son quant-à-soi, son petit jardin secret. Foutaises...

Comme si l'amour pouvait être autre chose que la recherche de la fusion absolue. Parler d'amour non fusionnel, c'est comme parler de haine affectueuse. »

Dans mon dos, le soleil est pour de bon tombé dans la mer. Il règne une nuit d'un bleu d'encre. Je suis totalement pris de vin. Et j'ai maintenant dix paires d'yeux braquées sur moi.

« Victor, t'en as beaucoup des copains comme ça ?

— T'es choqué parce que des nanas sortent ensemble ? Mais on n'a pas besoin de vous, on s'en fout de vos quéquettes. On est très heureuses sans vous.

— Jaloux.

— De nos jours, un mec comme toi, conclut la plus belle du groupe – face plate et dorée d'Esquimaude, sourcils pelucheux et lèvres ourlées –, il a plus aucune chance. Les beaufs, on n'en veut plus. L'Histoire avance... T'en trouveras pas une seule pour rester avec toi et écouter tes discours de connard. »

Dimanche 9 juillet :
je me lave les mains, sans raison

Instinct du chasseur.

Dans le wagon-restaurant du train qui me ramène vers Paris, je choisis ma proie. Pour être vulnérable, la proie ne doit pas être trop belle, ni trop sûre d'elle. Elle doit appartenir à la catégorie des pas-trop-moches. À sa silhouette, à sa façon de se tenir, on doit reconnaître une fêlure. Ce soir, ma proie a la cinquantaine. Signe particulier : une poitrine énorme de bacchante, qui tend à faire craquer les coutures d'un débardeur noir. Avec cela, un profil de matrone ou d'empereur romain, un nez solide, un menton carré, masculin.

Ce dimanche soir, dans le wagon-restaurant, un attroupement s'est improvisé autour d'un radio-transistor crachotant. Le train est presque vide. Les rares passagers se sont regroupés là et tentent de suivre, en se concentrant sur la voix intermittente d'un commentateur exalté, la finale du Mondial qui oppose la France à l'Italie. Nous sommes dans les prolongations. Le transistor s'énerve. Son presque inaudible, étranglé. Les auditeurs les plus proches de la source sonore tapent du poing. « Qu'est-ce qui se passe ? On en est où, là ? » C'est le capitaine de l'équipe de France, Zinedine Zidane. Il doit quitter le terrain sur un carton rouge. Il vient d'asséner un coup de boule à un joueur de l'équipe adverse.

Une fille d'une vingtaine d'années au look rebelle, piercing à la lèvre supérieure et dans le nez, s'exclame : « Ouais, il a bien fait. Il s'est défoulé. Depuis le temps qu'y retient ça. Y vient de leur mettre un gros doigt à tous. »

Chasseur cherche autre chose. Le coup de boule de Zidane me fournit le prétexte. J'aborde la mamelue rombière : « Et vous, qu'est-ce que vous en pensez ? »

Ce qu'elle pense, à cet instant précis, on s'en fiche. La proie est ferrée.

Une demi-heure plus tard, une bière à la main, nous nous asseyons côte à côte. Chasseur un peu pompette. Rombière célibataire, ne tire pas son coup très souvent. Nous discutons civilement, jusqu'à ce que je lui pose la main sur la jambe.

« Mais ça ne va pas ? Qu'est-ce que vous faites ? demande-t-elle sans aucun reproche dans la voix.

— Je vous pose la main sur la cuisse.

— Je le vois.

— Et vous ne l'enlevez pas ?

— Disons que... je suis surprise.

— Vous n'avez jamais eu ce fantasme ? Faire l'amour avec un inconnu, que vous ne reverrez jamais, dans un train ? »

Elle caresse d'un index méditatif le rebord de sa canette.

« Je comprends... C'est un fantasme TGV. Très grande vitesse.

— En quelque sorte. »

Elle a les yeux dans le vague.

« Qu'est-ce que vous avez fait, ce week-end ? je demande.

— Bah... j'étais chez des amis. Près d'Aix-en-Provence. Ils avaient une grande piscine, j'en ai profité pour nager. Je voulais faire 365 longueurs avant la fin du séjour, autant que de jours dans l'année, mais je n'ai pas eu le courage d'aller au bout...

— Ça se voit que vous avez fait du sport. Vous avez bonne mine. Vous avez l'air bien dans votre peau. »

Plate flatterie. Mais qui paie :

« Merci. »

Je remonte doucement la main le long de sa cuisse. Elle ne s'épile pas. Je veux dire, elle doit utiliser un rasoir pour ses jambes : elle a les racines des poils dures et drues. Détail peu affriolant. Mais j'assume. On ne choisit pas toujours le gibier à son pelage.

« Voilà comment les choses se passent dans mon fantasme-TGV. Je me lève. Je vais aux toilettes, là-bas. Dans trente secondes, vous y allez à votre tour. Vous toquez à la porte. Je déverrouille, vous rentrez. Et on fait l'amour.

— Vous proposez souvent ce genre de chose à des femmes que vous ne connaissez pas ?

— Oui, ça m'arrive.

— Et ça marche ?

— Oui. Les gens s'ennuient tellement. Ils n'attendent que ça, vivre un peu d'aventure. Un extra, quelque chose qui les arrache enfin au train-train quotidien.

— C'est important la légèreté, dans la vie. Moi, je m'en suis aperçue trop tard.

— Vous êtes mariée ?

— Divorcée.

— Des enfants ?

— Deux, mais ils sont majeurs maintenant.

— Très bien.

— Dites-moi votre prénom, demande-t-elle.

— Non, vous devez deviner.

— C'est trop dur. Pour coucher avec vous, j'ai quand même besoin de savoir comment vous vous appelez.

— Ça commence par un A et se termine par un E.

— Antoine ?

— Non.

— Anatole ?

— Non plus.

— Alexandre ?

— Vous y êtes. Et vous, c'est quoi votre prénom ?

— Pauline. »

Je glousse.

« Ça vous fait rire ?

— Non. Ça me rappelle quelqu'un. Bon, assez parlé... »

Je me lève et me dirige vers les toilettes. À mi-parcours, je me retourne. Pauline a les yeux perdus en direction de la vitre, elle scrute le noir de la nuit. Viendra, viendra pas ? Faut voir... Ça vaut le coup de tenter. Je m'enferme dans la cabine. J'avais oublié que c'était si exigu. Comment vais-je y caser la morue ? Je me lave les mains, sans raison. Histoire de faire quelque chose. On tape à la porte. J'entrouvre. C'est elle.

Que dire de ses seins ? Même à deux mains, je n'arrive pas à faire un balconnet assez grand pour en contenir un seul. Leurs disques sont larges comme des soucoupes. Leurs pointes sont lisses et soyeuses, d'un rose transparent. En bas du ventre, Pauline possède un dense buisson noir. Ce n'est pas une morue, mais une baleine. Comme je le craignais, elle remplit l'espace. J'enfile un de mes préservatifs de sécurité (toujours deux dans le portefeuille), et la pénètre. Mais une fois coincé entre ses cuisses, nous n'arrivons plus à bouger. Elle n'est pas souple. Elle tente de s'asseoir sur la corniche du lavabo, du savon liquide bleu lui coule sur les reins. Je manque de recul. Je m'empêtre si bien qu'au bout de quelques minutes je débande. Trop de volume, de plis de chair, de poils. Je me retire.

« Ça te dérange qu'on finisse autrement ? dis-je.

— Non, pas du tout. Au contraire. »

Elle se penche sur moi et me suce en me branlant. Je viens bientôt, propulsant sur le lavabo en Inox et le miroir des filaments de sperme. Fantasme-TGV devenu réalité. « Ça, du point de vue de la police scientifique, dit Pauline très contente d'elle, c'est une preuve qui ne pardonne pas. »

Je rentre à pied.

Je sens encore sur moi l'eau de toilette de la grosse. Elle flotte autour de ma chemise, de mes mains. Pour l'éliminer, je me crache dans les paumes, me frotte de la salive sur les avant-bras, tant bien que mal.

Pourquoi ai-je fait cela ? Parce que Mathilde, depuis le soir où elle a pleuré, ne veut plus de sexe avec moi. Parce que je suis accro, j'ai besoin de ma dose chaque 24 heures. Je l'ai toujours eue, depuis des années. De ce point de vue-là, je ne vaux guère mieux qu'un drogué. En manque, je deviens intraitable. Je suis sans scrupule. Maintenant, je sais que je pourrai tenir jusqu'à demain. Je vais m'allonger auprès du corps réticent et raide de Mathilde et m'endormir à ses côtés, sans l'implorer. Je sommeillerai en paix. Nous y trouvons tous les deux notre compte.

Quand j'arrive à l'appartement, il est déjà minuit. La belle est au lit, assoupie. Je me fourre sous la couette, m'allonge sur le flanc. Au creux de son oreille, je pousse seulement un soupir : « Je t'aime. »

Jeudi 13 juillet :
courir sans fin après le réel

En matière de sentiments, certains recherchent la complication. Certains emmêlent à loisir les fils de leurs histoires d'amour et se délectent des situations ambiguës, des déclarations à double fond et des promesses impossibles. Certains excellent à transformer leur existence en un labyrinthe, où ils finissent par se perdre eux-mêmes.

Rien n'est plus opposé à ma conception des choses. J'apprécie par-dessus tout les comportements nets, les regards directs, la franchise. Sur mes affaires de cœur, j'aime jeter la lumière crue de la lucidité. Et les conclure par des explications simples, argumentées.

C'est, du moins, dans cet état d'esprit que j'ai invité Pauline (pas celle du train, l'autre) à déjeuner, dans un sushi bar non loin de mon bureau.

J'attrape une pièce de saumon rose en forme de croissant de lune. Le visage barré par une longue mèche, Pauline est rose aussi, ultrafraîche. Elle porte un parfum citronné qui tranche dans l'air poisseux de ce début de canicule.

« La dernière fois, je t'ai demandé un peu de temps pour réfléchir. Je t'ai dit que j'avais besoin de rester seul.

— Et maintenant ?

— Je crois que nous devons renoncer à notre projet de vacances ensemble, en Croatie. C'est trop tôt. »

Admirable maîtrise : Pauline ne manifeste pas la moindre contrariété. Elle a un sursaut presque imperceptible et, si elle ne laissait pas tomber la feuille de gingembre pincée entre ses baguettes, on pourrait la croire indifférente. Une femme qui a échappé à une tentative de meurtre saura survivre à un repas de rupture.

« Que vas-tu faire ?

— J'aimerais retourner avec ma femme et mon fils.

— Je m'en doutais.

— J'ai dit que j'en avais envie. Mais Mathilde ne l'entend pas forcément de cette oreille. Tu sais, quand on a un enfant, il est vraiment difficile de quitter la mère. Il faut accepter de ne pas élever son enfant soi-même, de ne pas vivre avec lui au quotidien... Tu n'imagines pas comme ça me manquait de ne plus voir mon fils le dimanche matin par exemple, de ne plus être réveillé par sa petite voix. Ou de ne plus lui lire son histoire, le soir avant de dormir.

— Je peux comprendre. Mon père, aujourd'hui, vit avec une femme qui ne veut plus lui faire l'amour et qui le trompe avec la terre entière. Il va peser bientôt cent vingt kilos. Mais, comme c'est son deuxième mariage et qu'il a déjà dû nous "perdre", moi et mes frères, il accepte tout, les tromperies, la misère sexuelle et l'obésité. Il prétend qu'il préfère s'en accommoder, plutôt que d'être privé une deuxième fois de la famille qu'il a fondée.

— Il a raison, oui, ça me paraît juste... Le problème, c'est Mathilde. Elle n'a pas l'air décidée à m'accueillir, pas du tout. Toi qu'es psy, crois-tu qu'une histoire d'amour puisse renaître entre deux êtres qui ont déjà passé des années ensemble ? »

Question à la limite du sadisme, je m'en aperçois en la posant : mais Pauline a tellement d'aplomb que je souhaite éprouver ses limites. Va-t-elle jouer à la conseillère conjugale, m'encourager dans ma reconquête des pénates perdus ?

« Ça dépend. Je crois surtout que tu ne dois pas te montrer trop impatient. Au point où vous en êtes, il ne faut pas t'attendre à remettre les pieds dans tes chaussons, comme si vous alliez reprendre votre vie d'avant en un clin d'œil...

— Je suis capable d'attendre.

— Tu verras bien. En tout cas, si tu hâtes le processus, tu risques de reconstruire avec elle un lien pervers, marqué par la contrainte, la domination. Tu ne peux pas fonder un couple sur la peur ou la douleur de la séparation, il faut que vos deux désirs se rencontrent à nouveau.

— Merci pour cette mise en garde.

— Et pour les vacances ? Vous partez ?

— Pendant quinze jours, je vais être seul avec mon fils. Mathilde reste à Paris pour son travail. Je vais louer une voiture, avec Julien nous irons d'abord en Suisse, puis en Italie. Après, Mathilde nous rejoint à Rome. Cela va nous faire du bien de nous retrouver tous les trois à l'étranger, de changer de contexte. Mais j'ai peur aussi que ça ne marche pas, nous ne nous sommes jamais très bien entendus en voyage... »

Sur nos plateaux, ne restent que quelques grains de riz nageant dans la sauce.

Je crois déceler, sur les yeux de Pauline, une pellicule humide. Elle paraît retenir deux larmes qui, au lieu de couler, lui embuent le regard.

« Plus ça va, plus je me sens proche du scepticisme. J'ai le sentiment qu'il n'existe aucune vérité, aucun énoncé auquel on puisse s'arrêter, nulle part. Les systèmes philosophiques sont faits pour être oubliés. Je ne sais plus qui disait : “Je suis d'accord avec tout ce que je lis.” Eh bien moi, c'est pareil. Je passe par toutes sortes de convictions, j'adopte pendant un temps les thèses que je trouve dans les livres, mais assez vite mon enthousiasme retombe. L'effet de fascination se dissipe et je redeviens le même qu'avant, tout aussi ignorant et rempli de doutes. Tu as lu les *Esquisses pyrrhoniennes*, de Sextus Empiricus ?

— Non », me dit Pauline qui a croisé les mains au-dessus de la table. Elle adore l'abstraction, comme d'autres aiment le shopping ou la planche à voile. Je n'ai donc aucune raison de me censurer.

« C'est le seul bouquin qui nous soit parvenu de l'école sceptique antique. Pour commencer, Sextus pose une unique hypothèse, mais elle est très contraignante : il suppose que sur tout sujet, on peut construire des argumentations opposées d'égale force. C'est ce qu'on appelle l'isothénie des arguments contraires. L'univers est-il fini ou infini ? Les hommes et les femmes sont-ils égaux ? Quand le sceptique aborde un problème, peu importe lequel, il construit deux raisonnements qui se contredisent et s'annulent réciproquement. Et il finit par suspendre son assentiment, par déclarer qu'au fond on ne peut pas trancher. C'est ça, le but recherché : la suspension. J'en suis là. Tout m'est un peu égal. Vu qu'il est impossible de parvenir à une vérité quelconque, j'ai l'impression qu'on ne peut rien faire de mieux, en cette vie, que de produire une description, la plus exacte possible, de ce qu'on a sous les yeux. Le langage ne nous révélera pas l'énigme ultime de l'existence. Mais il nous permet de traduire nos émotions, nos pensées. Si nous parvenons à une forme d'expression et qu'elle sonne juste, c'est déjà pas mal. Que demander de plus ?

— Je ne suis pas d'accord. Pour moi, il y a des vérités.

— De quel genre ?

— Tous les énoncés ne se valent pas. N'importe quel analyste le sait. Il y a des patients qui ne font que bavarder. Mais, le jour où ils parviennent à repérer le point sensible, à produire eux-mêmes une interprétation exacte de leurs problèmes et de leur passé, ils s'en trouvent métamorphosés. Pourquoi ? Parce qu'ils sont arrivés à saisir une sorte de vérité sur eux-mêmes. Et puis en sciences, on est arrivé à découvrir pas mal de choses quand même... En fait, je ne comprends pas comment on peut être sceptique aujourd'hui. Ça me paraît une attitude paresseuse.

— Pas forcément. Quand tu parviens à une guérison en psychanalyse, c'est parce que tu as produit la meilleure description possible des choses, avec les outils dont tu disposais. C'est pareil en physique : ce que tu appelles vérité, c'est simplement une description mathématique rigoureuse des phénomènes observés. En littérature aussi, on recherche cette forme d'adéquation, d'adhésion. Dans tous les cas, on a toujours affaire à une description, forcément incomplète, susceptible d'être complétée ou renversée par d'autres. S'il y avait des vérités comme tu le prétends, on aurait des énoncés définitifs, un cadre fixe pour le discours. On ne serait plus forcé de courir sans fin après le réel. »

Quand Pauline sourit, de jolies rides en virgule fendent finement sa peau, de chaque côté de la bouche. Elle a aussi des lignes, qui partent en éventail au bout de chaque œil.

« Il y a quand même un truc qui va me manquer, dis-je en changeant de sujet, c'est de coucher avec toi.

— Oui. Tu peux pas savoir le bien que tu m'as fait, en me désirant. Après toutes ces années avec Y., j'avais l'impression d'être laide, repoussante.

— Heureusement qu'on ne s'est pas donné rendez-vous chez toi aujourd'hui.

— Si tu m'avais sauté dessus, je n'aurais pas résisté.

— On pourrait y aller maintenant, et s'offrir une dernière partie de jambes en l'air pour la route...

— Mais ce ne serait pas très cohérent.

— Non, c'est juste. Mieux vaut s'abstenir. Si je veux me donner une chance avec Mathilde, il faut que je reste entier. Sinon... »

Pauline croise les bras, plaquant ses seins l'un contre l'autre. Les deux rotondités serrées, une ligne verticale partage son corsage.

« L'énergie sexuelle, quelle puissance, dis-je avec abnégation. Pourquoi est-il si difficile de la canaliser ? »

Jeudi 20 juillet :
c'est super qu'il pleuve

Comme vous le savez, il y a dans tous les romans des baisses d'intensité. En suivant le fil de son histoire, l'auteur est obligé de construire des transitions, de narrer des scènes intermédiaires et de moindre relief. Rares sont les romanciers qui parviennent à éviter ce piège et à répartir également l'intérêt du lecteur, comme de la marmelade qui viendrait toujours à manquer, sur l'ensemble des pages. Dans le cas du modeste volume que vous tenez entre vos mains, la période de latence commence maintenant et s'achèvera à la page 130. Lecteur, te voilà prévenu. Tu as le choix. Ou bien tu sautes purement et simplement les trente pages à venir, pour aller droit au but. Ou bien tu les parcours. Dans ce dernier cas, tu es prié de flâner, de ne pas accorder aux prochaines scènes une attention trop exigeante. Dis-toi que tu t'engages dans une promenade d'agrément. On ne sait jamais. Peut-être qu'un détail saillant du paysage retiendra ton regard et te revaudra ta peine...

Une autre planète.

Il y a des éboulis, la langue froide d'un petit lac lape une crevasse. L'atmosphère est anormalement fraîche et blanche. Un très fin réseau de brume baigne le paysage, comme si nous étions au cœur d'un nuage.

Julien court autour de moi. Il escalade, bondit d'un rocher à l'autre. Je lui ai enfilé un short ce matin, la fragilité de ses genoux nus contraste avec la solidité implacable des blocs sur lesquels il joue à saute-mouton.

Ce matin, nous avons fait ensemble un voyage de cinq heures en voiture. Nous avons chanté, écouté de la musique, discuté de choses et d'autres. À aucun moment, Julien ne s'est plaint. Il n'a même pas articulé la ritournelle des enfants : « C'est quand qu'on arrive ? » Nous étions bien tous les deux, contents de passer du temps ensemble. Une harmonie que je n'ai jamais éprouvée à ce degré d'intensité auprès d'une femme.

Avec la pointe de mon couteau, je décolle une tranche de jambon fumé que j'étale dans un sandwich. « Julien, reviens ! Le pique-nique est prêt. »

Mon fils est assis à côté de moi. Nous laissons nos jambes pendre sur la paroi rocheuse arrondie en dos d'éléphant. Gotthard Pass : nous sommes perchés sur l'un des sommets des Alpes. Le regard porte loin, vers la vallée béante.

Il commence à pleuvoir. Un crachin montagnard, apporté par le vent tourbillonnant, nous enveloppe tandis que nous grignotons notre dessert, des abricots. « Moi, j'adore la pluie », dit Julien. « C'est super qu'il pleuve, pas vrai ? » Je me demande si c'est une manière de m'avouer qu'il a envie de pleurer.

Depuis le début des vacances, j'ai de longs moments d'aphasie. Je suis déprimé. Où est Mathilde en ce moment ? Dans quels bras ? Me reste-t-elle fidèle, comme elle s'y est engagée ? Elle est si libre sans nous, dans la capitale. Mon fils et moi, nous avons beau nous serrer les coudes, le bateau familial a fait naufrage. Nous n'en parlons pas, mais nous en sommes conscients l'un comme l'autre. Je garde le silence. Je ne réponds plus à son bavardage, à ses mimiques. J'ai une pierre au fond de la gorge.

Vendredi 21 juillet :
le monde tend à disparaître

« Ils attendent quoi, tous ces gens, papa ?

— J'en sais rien », dis-je en continuant à pédaler.

Julien est assis sur le siège arrière du vélo. Il est déjà onze heures du soir. Le dîner, sur une placette de Locarno, a traîné en longueur. Julien devrait être couché depuis longtemps, nous sommes justement sur la route qui, longeant le lac, revient au camping. Mais voilà : sur les berges, des centaines de badauds se sont installés, qui regardent devant eux la nuit étoilée se refléter dans les eaux noires du lac Majeur.

« Moi, reprend Julien, je pense qu'ils attendent un feu d'artifice. »

Cinq ans, et il est déjà capable de ce genre d'inférences. Je suis mal barré. Résigné, je freine et gare le vélo. Qu'importe l'horaire, je ne peux pas priver mon fils d'un tel spectacle au cœur de l'été. Dans l'air, flotte une odeur de bière et de merguez grillée. Nous trouvons une petite place pour nous asseoir.

Un des plaisirs de l'éducation, c'est d'autoriser la transgression. De temps à autre, père et fils ensemble dérogent aux règles admises. Pas plus tard qu'hier, Julien et moi avons parcouru à pied les deux kilomètres qui vont du camping au centre-ville. Nous avions décidé de marcher en suivant le bord de l'eau.

À mi-chemin, nous nous sommes retrouvés nez à nez avec un grillage et un panneau – propriété privée. Sans hésiter, nous avons contourné la clôture en nous mouillant les pieds, jusqu'aux genoux. De l'autre côté, il y avait un gazon anglais, un terrain où deux équipes en short blanc disputaient un match de volley. Nous étions dans l'enceinte d'une base de sport luxueuse. « Ça, c'est vraiment une grosse bêtise, a dit Julien. J'espère qu'ils vont pas nous voir. » À l'autre bout de la propriété, nous attendait un obstacle de taille : un port de plaisance privé défendu par de hauts murs. Sur le côté, un grillage de trois mètres surmonté de barbelés. Mais Julien et moi sommes aussi têtus l'un que l'autre. Et il a hérité du gène du grimpeur. Pas question de faire demi-tour.

Les branchages d'un saule incliné formaient une passerelle au-dessus des barbelés. « Bon, Julien, tu vas faire comme je te dis. Monte le premier. Je reste derrière pour te rattraper en cas de problème. » Nous avons escaladé le grillage. Dans notre dos, les joueurs de volley poursuivaient leur ballet avec la grâce de danseurs mondains. Un employé tondait la pelouse déjà impeccable. Tous indifférents à notre manège. Nous sommes arrivés aux barbelés. Coup d'œil aux points de fixation : la clôture n'était pas électrifiée. « Maintenant, pose le pied sur mon épaule... Oui, c'est bien, comme ça. Attrape la branche... Parfait. » Julien s'est hissé dans l'arbre avec la souplesse d'un jeune chat. « Reste bien calé. J'arrive. » Une fois descendu de l'autre côté, j'ai remarqué le dos de ma main. Je m'étais fait une longue estafilade. Je l'ai essuyée discrètement, sans attirer l'attention de mon fils.

La nuit s'est assombrie.

Sur la rive d'en face, au ras de l'eau, apparaissent des soleils crépitants. Des disques d'étincelles, dédoublés par leurs reflets. Première détonation. Une pastille rougeoyante est projetée vers la stratosphère. Au sommet de sa trajectoire, elle s'ouvre. Un disque multicolore se dilate dans l'espace. Le son nous parvient avec un léger retard.

Pour commencer, le feu d'artifice développe des métaphores cosmiques. Météorites, ovnis verts ou mauves, comètes aux longues traînes luminescentes, poussières d'étoiles se sont tout à coup rapprochés de nous, comme si on avait braqué vers le ciel une loupe gigantesque qui nous révélerait les profondeurs de l'univers. Galaxies, supernovae, quasars, les phénomènes éparpillés dans l'immensité qui nous surplombe reviennent au premier plan, par flashes.

Deuxième acte. Le spectacle redescend sur terre pour prendre une tournure simplement figurative, presque décorative : synchrones, des fusées de toutes tailles se succèdent pour dessiner des fleurs. Au bout des tiges enflammées se balancent de lourds calices de pétales évolutifs. À la périphérie, les flammèches s'appauvrissent et virent vers des tonalités froides, bleues ou mauves. On dirait des bégonias. Ou, plus exactement, des chrysanthèmes.

« C'est maintenant, c'est fini ? » demande Julien. À force, c'en est presque trop. L'air transporte de denses nuages qui sentent la poudre à canon. Les bouquets se dispersent. L'ensemble du ciel s'embrase. Les explosions nous résonnent dans les poumons. Et ce n'est plus à des jardins en fleurs, mais à la guerre qu'on se surprend à penser. Des obus, des shrapnels éclatent de toutes parts. Le monde tend à disparaître dans cette conflagration qui excède nos capacités sensorielles.

Julien se blottit contre moi.

Les étoiles, les fleurs, la guerre. Voilà un beau résumé de l'aventure humaine, me dis-je. Le mystère des origines, la fascination pour la beauté et l'amour, la violence meurtrière tapie au fond de nous.

De vagues hallucinations, des manifestations momentanées se produisent dans une région anecdotique de l'espace.

Je passe ma main dans les cheveux de Julien. Qu'ils sont doux.

Samedi 22 juillet :
un infini abandon

Au camping, avec Julien, nous avons déjà nos habitudes. Nous nous sommes recréé en quelques jours un monde en miniature, comme on fait toujours en voyage.

Le matin, nous brimbalons pieds nus notre glacière, le long de l'allée sableuse, jusqu'à la plage. Nous nous asseyons au bout d'une jetée. Dans l'eau, ici et là, nous pouvons discerner des bancs de poissons translucides. Il n'est pas encore dix heures, mais il fait déjà chaud. Un courant d'air sèche la transpiration. Dans les lointains, plane une brume claire, qui noie les contours arrondis des montagnes.

Je sors de la glacière une bouteille d'eau minérale, deux gobelets, un quartier de pastèque et des biscuits secs.

Julien est captivé par le spectacle de deux adolescents rachitiques et boutonneux qui, les pieds dans l'eau, jouent au *beach ball*. Ils se renvoient la balle à petits coups secs, sans effort apparent. La boule de caoutchouc tombe rarement, les échanges claquent avec une régularité de métronome, ils doivent s'être longuement entraînés. Amusant comme, en vacances, les êtres humains révèlent des aptitudes inutiles et invisibles le reste de l'année.

Sur des serviettes, un couple de baigneurs très blonds, allemands ou hollandais, prend le soleil. Très jeunes, la vingtaine. C'est une nouveauté : depuis que Mathilde a mis les bouts, je regarde avidement les amoureux. Surtout les plus frais, chez qui la sève n'a pas encore séché. Qu'ils s'embrassent en public, qu'ils se zieutent avec désir ou simplement qu'ils se tiennent par la main, je les envie. Ils prennent à vivre un plaisir qui me paraît inaccessible, comme si j'étais passé dans l'*autre camp* – celui des solitaires.

« Tu m'achèteras des raquettes comme ça ? Dis, papa ?

— Je ne sais pas...

— Allez, j'en ai super envie.

— Entraîne-toi d'abord au badminton, c'est plus facile.

— Non, j'en ai marre du badminton. C'est trop dur pour moi. Je veux comme eux. »

Les Hollandais ont sorti un tube de crème solaire. La fille s'allonge sur le ventre. Le garçon détache du bout des doigts le nœud de son bikini. S'assoit à califourchon sur ses fesses. Dodue, elle a l'air d'une otarie échouée sur la grève, mais je lui trouve aussi quelque chose d'attirant. Un effet du manque. Lui s'enduit les mains de crème, puis il commence à l'appliquer. Attention, il ne se contente pas d'étaler la crème solaire comme vous ou moi le ferions sans doute. Non, il l'utilise comme une huile, un onguent de massage. Il pétrit langoureusement, affectueusement la couenne des épaules. Il creuse le sillon profond de la colonne vertébrale. Ses paumes décrivent de lents cercles, gagnent progressivement les flancs. De temps à autre, il échange avec l'otarie de rugueuses sonorités nordiques, des mots de glotte. Elle est passive. Pas un frisson nerveux n'habite cette graisse. Seulement un infini abandon.

« Est-ce que tu sais où ça s'achète ?

— Écoute, Julien, je t'ai déjà dit...

— Je te demande pas d'en acheter. Je te demande seulement si tu sais où ça s'achète.

— Euh... oui.

— Dans quel magasin ?

— Un magasin de plage.

— Ça n'existe pas, les magasins de plage.

— Si, ça existe. C'est un truc spécial pour les touristes.

— Qu'est-ce qu'ils vendent d'autre dans les magasins de plage ? »

Inversion des rôles. C'est le garçon qui s'est allongé sur le ventre. La fille s'est assise à côté de lui. Elle a les seins pas énormes compte tenu de sa circonférence générale – deux œufs au plat posés sur une barrique. Des plis au ventre. Elle appuie sur le tube et projette une grosse quantité de crème sur le dos de son petit ami. Sans douceur, sans égard particulier, comme si elle faisait gicler le contenu d'un sachet de ketchup dans un paquet de frites. Puis elle répand le tout à la va-vite, en laissant des traces de doigt blanchâtres. Comme il a les épaules légèrement acnéiques, elle les survole avec un pincement de lèvres. On dirait une infirmière en gériatrie en train de prodiguer un soin de toilette intime à un vieillard qui lui raconte les bals de sa jeunesse.

« Alors, c'est d'accord papa, on ira dans un magasin de plage ?

— Oui.

— Tu promets ? »

Dimanche 23 juillet :
des épines sous les ongles

Comme nous n'avons emporté dans nos bagages aucun livre d'enfant, le soir, pour endormir mon fils, je m'allonge à côté de lui sous la tente et lui raconte des histoires. J'invente au fur et à mesure ; Julien joue avec l'interrupteur de notre lampe de poche, projetant des disques de lumière sur la toile de l'igloo. Le héros de mes histoires est un jeune fakir, Benjy, qui vit dans un village indien.

« Benjy a encore des ennuis. Il est très inquiet. Samedi prochain, à l'école, il va devoir passer une épreuve très difficile. Tu sais ce que c'est, les braises ? Ce sont les morceaux de bois très rouges et très chauds qui restent à la fin d'un feu. Benjy va devoir marcher sur un tapis de braise de vingt mètres de long.

— Han ! »

Plus cruel est le défi, plus Julien soupire d'aise.

« Il va d'abord demander conseil à sa grand-mère. “Dis, mamie, comment je peux faire pour ne pas me brûler ?” La vieille femme, qui est guérisseuse, lui conseille de frotter sous ses pieds une herbe spéciale, à la sève laiteuse, qui le protégera. Mais Benjy n'a pas confiance, il ne croit pas au pouvoir de ces plantes... D'ailleurs, les tisanes de sa mamie ne l'ont jamais soigné.

— L'herbe, c'est pas terrible. Non, non...

— Alors, il va voir son grand-père. Le vieux lui explique que, la veille de l'examen, il doit dormir en mettant ses pieds dans un seau rempli de glaçons, pour faire descendre au maximum leur température.

— Ouais, ça c'est une bonne idée.

— Mais Benjy n'est pas très convaincu. Il est douillet, il a peur d'avoir les orteils gelés. Il préfère demander conseil à une troisième personne. Il s'en va trouver son oncle, qui possède un atelier de menuiserie à l'autre bout du village. L'oncle propose de lui fabriquer des semelles de bois clair, de la même couleur que la peau, attachées par des fils de nylon invisibles. Cette fois-ci, Benjy tient la solution... Le jour de l'épreuve, quelques minutes avant son tour, il se rend aux toilettes et enfile ses semelles, ni vu ni connu. Elles sont légères et souples, et font un demi-centimètre d'épaisseur. Toi, qu'est-ce que t'en penses ? Il va y arriver ?

— Oui.

— Attends voir... La fanfare du village joue de la cithare et de la trompette. Il y a beaucoup de monde... C'est son tour. Benjy retient sa respiration. Il pose un premier pied sur la braise et avance d'un pas tranquille. Mais il avait oublié un détail fondamental : le bois, ça brûle. Voilà que ses semelles se mettent à flamber. Il court à toute allure sur les charbons ardents en dansant comme un fou. Finalement, arrivé de l'autre côté, il continue son chemin et va se jeter le plus vite qu'il peut dans la rivière, au milieu des rires... »

Une autre fois, Benjy doit dormir sur une planche garnie de clous. Ou bien croquer et manger un verre. Son maître est impitoyable, qui lui invente des exercices toujours plus redoutables. S'allonger sur un nid de fourmis rouges. Se transpercer les joues de part en part avec une aiguille. Ne pas ciller des paupières pendant trois heures. Se planter des épines sous les ongles. Se jeter de cinq mètres dans une bassine d'eau. Boire un bol d'huile bouillante. Que sais-je ?

Cela va faire une semaine, et je comprends enfin pourquoi j'invente pour mon fils ces histoires de fakir. L'imagination ne procède jamais au hasard. Vous croyez raconter n'importe quoi, ce qui vous passe par la tête, mais vous ne faites qu'exprimer vos obsessions. Moi, comme un fakir indien, je dois en ce moment apprivoiser une immense souffrance – celle d'être privé de Mathilde. Il me faut braver cette torture psychologique de chaque instant, marcher pieds nus sur les braises encore rouges de notre amour. Comment ruser avec une telle douleur ? Quelles dérisoires semelles de bois chausserais-je, pour avancer ?

Lundi 24 juillet :
c'est curieux, les lézards

« Dis, papa, tu m'attrapes une queue de lézard ? »

Nous déambulons sur une allée tapissée d'écorces de pin, bordée d'essences rares. Nous sommes sur l'île de Brissago, dans un jardin botanique.

Mais pourquoi ai-je évoqué devant Julien ce détail idiot de la morphologie des reptiles ? Pourquoi lui ai-je expliqué que l'appendice caudal des lézards était facile à couper – mieux, qu'il repoussait ? Depuis, il ne pense qu'à le vérifier par lui-même.

« Allez, papa, tu m'aides ? »

L'île est infestée de gros lézards verts. Il suffit de pencher les yeux vers le sol pour repérer deux ou trois de ces créatures, qui se prélassent insolemment au soleil. Je m'élance vers l'une d'elles, qui disparaît entre des fougères arborescentes. Julien m'imite, il fait chou blanc. Appâtés, nous poursuivons sur notre lancée.

Au bout d'une douzaine d'occasions ratées, je décide de changer de technique. Non plus la course, mais le saut. Je grimpe sur un muret. Sous moi, je parcours des yeux les dalles de pierre où ces sales petites bêtes aiment tant à se vautrer. C'est curieux, les lézards. Voilà un animal qui évoque à la fois l'immobilité, la fixité la plus hiératique – et la vitesse la plus spectaculaire. Tantôt dinosaure, tantôt flèche verte.

En voilà un. Là, à deux pas. Parfait. J'approche sans bruit. Me positionne exactement au-dessus. J'ai quarante centimètres de surplomb. Je saute, tombe lourdement. Je l'ai loupé. Il a fui dans une anfractuosité du mur.

Non, pas tout à fait : son corps est cabré. Mais sa queue est restée sous la semelle de ma sandale. Je te tiens. Je fais jouer mon pied. La queue ne se détache pas. Je le bloque trop haut. J'ai quelques vertèbres sous le talon, un début de colonne vertébrale.

« Est-ce qu'on a quelque chose qui coupe ?

— J'sais pas.

— Julien, passe-moi mon sac. »

Sous la visière de sa casquette noire, mon fils me lance des regards inquiets.

Puis il s'en va chercher mon sac à dos, posé à quelques pas. Je fouille les poches. Déveine, le couteau suisse est resté dans la glacière. Mais, attends voir... Oui, voilà. Dans le porte-monnaie, une carte de téléphone. Celle que j'utilise pour appeler Mathilde. Elle est en plastique, assez rigide, son bord doit trancher. Je me baisse et, à l'aide de la télécarte, entreprends de sectionner la queue. Petit à petit.

Dans le trou du muret, ça frétille, ça se cabre, ça tire. Si bien qu'à la fin, le membre cède. Le trophée est à nous. Merci Swiss Telecom, merci Mathilde. Te voilà castré, mon vieux.

Julien danse de joie.

Mercredi 26 juillet :
je construis un abri

Passé la porte, le soleil éblouit. Sur chaque pierre, la lumière du matin ruisselle de blancheur.

Sur la table en teck de la terrasse, restent des taches de vin, des miettes de pain, des pépins de pastèque. Des cendres fument encore vaguement dans le barbecue.

J'emprunte le chemin terreux, vers l'oliveraie. Le lieu : l'Ombrie, un hameau perché sur une colline en surplomb de Spello. Mon oncle s'est acheté cette bergerie transformée en villa. Sa carrière d'ingénieur dans le pétrole l'a amené à voyager à travers le monde mais il a le projet, pour ses vieux jours, de s'établir durablement dans ce paradis solaire.

Dans la villa, Julien dort encore.

J'arrive aux premiers arbres. Certains de ces oliviers ont plus de trois cents ans, m'a déclaré tonton avec fierté. Ils étaient déjà là du temps de la Révolution française. Au pied d'une souche, de noires colonnes de fourmis s'engouffrent dans les fins orifices de leurs galeries. J'observe un temps leur va-et-vient.

Certaines portent des feuilles, des fragments de détritus et des points blancs ressemblant à des larves. Aveuglément, mécaniquement, elles amassent.

Bruit de raclement. J'avance encore. Et l'aperçois : mon oncle, portant un short court et un polo délavé, une truelle à la main. Il est huit heures du matin, l'air a cette limpidité et cette pureté qu'il ne revêt qu'après s'être reposé pendant la nuit. Repues d'amour, les cigales n'ont pas encore repris leur chant. Mais mon oncle est là, les mains dans le ciment. Son mur, comment dire ? À vingt mètres déjà, on s'aperçoit qu'il est monté de travers, qu'il penche.

« Salut.

— Qu'est-ce que tu bricoles ?

— Je construis un abri.

— Pour quoi faire ?

— Pour ranger les outils de jardinage. Ça encombre trop dans la maison. »

Je le regarde, perplexe. Il a les jambes plus décharnées que jamais. Deux brindilles couvertes de taches de son et de poils follets épars, nanties de bottes trop larges. Les genoux sont cagneux, la peau semblable à de la chair de poulet, tirée par l'âge. Fait-il encore l'amour à sa femme, cet homme qui jadis portait bellement le type britannique et qui aujourd'hui, avec sa moustache épaisse et brunie par la pipe, ses sourcils en bataille, sa maigreur, ressemble à un ermite survivant à un jeûne prolongé ?

Il suffit de regarder la manière dont il tient sa truelle – même si je n'y connais rien, il s'en sert comme d'un stylo-plume – pour deviner que, son problématique abri, il ne le terminera jamais. L'emplacement qu'il a choisi – à six cents mètres de la maison, au milieu des oliviers – est aberrant. Le matériau – des briques, pour une simple cabane – n'a aucun sens. Il n'a même pas coulé de fondations, mais une simple tranchée pour son premier mur de guingois. Comment un homme intelligent comme lui, un scientifique épris de rationalité, a-t-il pu se lancer dans un projet pour lequel il est si peu armé ? Et pourquoi – lui qui a tant d'argent placé aux quatre coins de l'Europe – n'a-t-il pas fait appel à un homme de l'art ? Quelle curieuse épreuve entend-il s'infliger ? Faut-il qu'il s'ennuie à ce point, dans son cadre doré ?

« Si tu as besoin d'un coup de main, t'as qu'à demander.

— Non, ça va bien. J'ai tout mon temps. »

C'est ce que je pensais. Il se garde sa corvée pour lui, ce fanatique.

Je contemple la vallée. Par-delà les feuillages clairsemés des oliviers, herbes et blés ont pris une teinte d'or. Les coutelas noirs des cyprès tracent des verticales. Au loin, un troupeau de collines ondule dans les vibrations imperceptibles de l'air.

« C'est beau, pas vrai ? demande tonton, essoufflé.

— Oui, c'est très beau. Mais je ne sais pas si je pourrais vivre ici.

— Pourquoi pas ?

— J'ai tendance à me méfier de la beauté. C'est une sorte de rêve. On a tous envie d'habiter un lieu parfait, mais est-ce vraiment supportable ? Si je vivais ici, je crois que je finirais par me méfier du devenir. Je chercherais à m'éprouver moi-même dans un splendide isolement. Je serais sans activité, sans amis, sédentaire. Immobile comme un mort. Oui, c'est ça. Maintenant, je me méfie de l'idéal de perfection. On cherche à construire une forteresse pour se protéger. Mais, à trop fuir les imprévus, la rumeur et la vulgarité du monde, on finit par étouffer. Moi, aujourd'hui, je poursuis un autre but... J'aimerais avoir à la fois un maximum de contraintes et de liberté, de mobilité... »

Évidemment, ces paroles ne visent pas vraiment mon oncle, ni même cette vue digne des peintures de la Renaissance, mais mon existence passée à Péronne, avec Mathilde.

Tonton remonte la visière de sa casquette pour s'essuyer le front. Dans son bel œil bleu, limpide comme un iceberg, je décèle la transparence d'une larme.

Jeudi 27 juillet :
nous fonçons droit sur les poules

Pourquoi j'enlève mon maillot de bain ?

Parce que c'est l'été.

Parce que j'ai envie de sentir la brûlure du soleil sur ma peau, d'être en contact direct avec les photons, l'oxygène, la chaleur. Au milieu de l'année, ce moment de répit où la fusion avec la nature est possible, voire encouragée par l'imagerie quasi pornographique des vacances, est somme toute assez bref. Pas d'été véritable sans bains, sans coups de soleil. Sans exhibitionnisme.

Mais peut-être est-ce aussi pour vivre une forme de confrontation qui, si elle n'implique aucun partenaire, n'en a pas moins un caractère sexuel.

À poil, je pédale.

Une déception, ce lago di Piediluco, auquel nous sommes parvenus avec Julien après deux heures de trajet. Sur la rive du lac, s'étirent des plages privées et des résidences, le dispositif s'apparente à une station balnéaire. Sauf qu'il manque un élément essentiel : le lac, pour cause de pollution, est interdit à la baignade. C'est du toc : les femmes qui bronzent dans les transatlantiques, les adolescents qui jouent au foot dans l'herbe, les vendeurs de glaces et les bateaux de plaisance, tout cela semble avoir été rassemblé par inadvertance, autour d'une gigantesque aberration, d'un non-événement – une vaste étendue d'eau saumâtre et toxique.

« Tu vas attraper un coup de soleil au zizi, toi. »

Julien se moque de ma séance de nudisme improvisée.

Sur notre pédalo, nous sommes maintenant à cinq cents mètres de la rive. Hors de vue des estivants.

« Mais non. Et puis, ça fait du bien de se découvrir un peu les fesses. Sinon, elles restent toujours cachées dans les slips et les pantalons.

— Tu dis n'importe quoi. Moi, en tout cas, je garde mon maillot.

— Comme tu veux... Oh, regarde ! »

Des poules d'eau noires viennent de surgir des ajoncs.

« On y va, on les attrape ? »

La roue du pédalo fouette l'eau avec des battements sourds, nous fonçons droit sur les poules qui, paniquées, s'égaillent. L'avant de l'embarcation brise des tiges, les volatiles disparaissent en caquetant dans les profondeurs de la végétation ou plongent.

J'attrape un roseau cassé pour Julien. « Tiens, ça peut te faire une épée... » Tout à coup, je perçois un vrombissement dans notre dos. Un canot à moteur, avec un couple à bord, arrive à notre hauteur. Ça y est, ils m'ont vu. Ils ont l'air étonné, pour peu qu'on puisse deviner l'expression de leurs visages malgré leurs larges lunettes de soleil. L'homme hoche le menton avec réprobation, la femme me fixe. Déjà, ils s'éloignent.

Pourquoi j'éprouve, à être surpris en flagrant délit de nudité avec mon fils, un vague sentiment d'indignité ?

Vendredi 28 juillet :
moi, lever la main sur une femme ?

Tant de moustiques dansent autour de nous, attirés par la flamme.

La bouteille de Limoncello est posée sur la table. Au-dessus de nous, la nuit s'est refermée, opaque. Des nuages noirs obturent les étoiles. Du jardin, ne nous parvient aucun son, si ce n'est de temps à autre le froissement d'aile d'une chauve-souris ou le feulement d'un chat.

À table, tonton a supervisé un fameux ballet de bouteilles. Les vins du nord de l'Italie, le Barbaresco, le Barbera d'Alba et le divin Barolo se sont succédé, avec leurs lourdes robes de pourpre, leurs tanins onctueux, leurs saveurs de cassis, de myrtille, de fumée, de suie. J'aime ces vins qui procurent une ivresse ample, chaleureuse. Pas une brève excitation acide logée au creux du ventre, non, une sensation de légèreté qui se déploie à travers le corps, qui court sous la peau. Et puis, les femmes – Oxana, la Russe qu'il a épousée, et sa fille Sonia en pleine crise d'adolescence – sont allées se coucher. Nous sommes restés seuls avec la bouteille de liqueur citronnée.

Oxana est née dans un bled misérable près de Kiev. Grande, sportive, les seins haut plantés, un teint de neige fondue, elle est dure et glaciale comme les Slaves peuvent l'être. Aussi loin que remonte ma mémoire, jusqu'aux Noëls de mon enfance, je ne l'ai jamais vue rire. Ni même sourire. Elle a les lèvres minces et privées de sang. Elle se noue d'austères chignons sur le crâne, tressant ensemble ses serpents de Méduse. Je n'ai jamais compris ce que mon oncle lui trouvait. Lui, droit comme un I, ça lui ressemble si peu d'accepter un mariage d'intérêt.

Sonia, leur fille de seize ans, n'est pas un cas moins inquiétant. Ingrate, des fils barbelés aux dents de devant, un serre-tête en velours dans les cheveux, elle est délurée comme pas deux. Le premier matin, elle a fait irruption dans la salle de bains au moment où je sortais de ma douche. Tout à l'heure, au milieu du dîner, elle a glissé sa main dans mon dos et m'a pincé jusqu'au sang, en poussant des couinements de souris : « Hi hi hi ! » L'âge bête, sans doute. Mais, dans cette famille, quelque chose sonne faux. Ça ne tourne pas rond. Il y a trop d'espace, trop de Sibérie entre Oxana et mon oncle. Et au milieu de cette vaste steppe, la jeune Sonia est livrée à elle-même, n'en fait qu'à sa tête. Elle s'agite, se tortille, crie, dérape, gaffe, sans jamais être ramenée à l'ordre. Elle pousse dans une friche affective.

Tonton caresse mélancoliquement le ventre de la bouteille de Limoncello, sur lequel roulent des perles de condensation.

« Faut que j'te dise un truc. Je peux être sûr que t'iras pas le répéter ? »

Je lève les sourcils pour le mettre en confiance. Comment peut-il douter de ma discrétion ?

Il pose les deux coudes sur la table, s'avance jusqu'à mon oreille. « En fait, j'ai presque honte.

— Vas-y.

— Non, j'hésite.

— Au point où t'en es, tu en as dit trop ou pas assez.

— Ouais, bon, ça va. C'est que je n'ose pas en parler. Mes copains, y en a pas un seul qui comprendrait. Y se moqueraient de moi, je deviendrais la risée. Tu vas pas te foutre de ma gueule ? Dis donc, Alexandre, t'es un gars loyal ?

— Parle, je t'écoute en toute amitié.

— Voilà : je suis un mari battu. »

Impossible de réprimer un rire nerveux.

« T'avais promis. Salaud, tu te paies déjà ma fiole.

— Non, tonton, t'inquiète pas. C'est le ton sur lequel tu l'as dit. Tu te serais vu. On aurait dit que tu m'avouais un crime.

— C'est vrai, j'rigole pas. Oxana me frappe.

— Ça date d'il y a longtemps ?

— Attends voir... (Il compte sur ses doigts.) Quatre ou cinq ans. Oui, ça date du jour où la petite est entrée au collège.

— Il y a un lien entre les deux ?

— Euh... Non, comment ça ?

— Ben, je ne sais pas, elle est peut-être jalouse de sa fille ado, ou elle a peur que tu deviennes un père incestueux, un truc dans le genre.

— Tu veux que je te dise ? Tu deviens foutrement dialecticien, en ce moment. Ouais, foutrement dialecticien. Écoute-moi bien, je suis pas en train de gonfler des ballons de baudruche, là, de te parler de psychologie ou de fariboles. Je te dis qu'elle me bat, la salope... »

Quand il prononce ce dernier mot, je sens son souffle chaud et alcoolisé m'envelopper le visage.

« Comment elle s'y prend ?

— Ça dépend... Des fois, avec les mains. Du plat de la paume. » Il frappe la table. « Elle me donne des coups comme ça dans le dos ou dans les côtes. C'est un truc qu'elle fait plutôt par surprise en fait, quand je dors.

— Ah oui... Et quand t'es réveillé ?

— Elle me lance des objets au visage. Des assiettes, des casseroles. Une fois, même, elle m'a planté un couteau dans le bras. »

Il secoue tristement la tête. Il a, sous les yeux, des cernes noirs et des rides douloureuses.

« Et tu te défends, tu lui rends ses coups ?

— Moi, lever la main sur une femme ? Tu rêves, ou quoi.

— Pourtant, elle ne se gêne pas.

— C'est pas la même chose. Non, franchement, y a rien d'équivalent. »

La folie des hommes, l'obstination qu'ils mettent à s'entre-déchirer ne m'inspire plus aucune colère désormais, plus le moindre sentiment de révolte, mais seulement une irrépressible pitié.

« Et puis, je la connais si bien cette petite. Tu sais, elle a un bon fond...

— Un cœur de pierre, tu veux dire.

— Non, tu te trompes. C'est plutôt comme une profiterole. Mais inversée, tu vois. Froide à l'extérieur, chaude à l'intérieur. La pauvre, elle n'y est pour rien. Si elle me bat, c'est juste que... elle en a bavé dans sa jeunesse. Ses parents l'enfermaient dans les toilettes, dehors, en plein hiver. L'hiver russe ! Elle a été élevée comme ça, elle ne connaît pas d'autre langage. Elle tape, c'est sa manière à elle de donner de l'affection.

— Tu parles.

— Tu crois quoi, toi ? Tu crois que c'est toujours avec des caresses et des mots doux qu'on te donne de l'amour ? Des léchouilles ? Tu te fourres le doigt dans l'œil, mon petit Alex, je peux te le garantir. Non, il y a des gens qui te gueulent dessus pour t'exprimer leur tendresse, d'autres qui te passent du fric...

— D'autres qui te filent des gnons.

— Ouais. Et pourquoi pas ? C'est pas interdit, y a pas de lois contre ça. »

Je finis mon verre.

« Tu sais, dis-je, autrefois, je croyais piger quelque chose à l'humain. Et maintenant, plus j'avance en expérience, et plus je m'aperçois que mes semblables sont in-com-pré-hen-si-bles. Y a trop de replis, de zones d'ombre, de pensées tordues dans un homme. Non, je t'assure, des êtres pareils, dis-je avec l'assurance définitive que me procurent les molécules d'éthanol pulsant dans mes veines, ça devrait pas exister. »

Dimanche 30 juillet :
cinquante centimètres

« Hé, Alexandre, attends ! »

Cent mètres derrière moi, Mathilde crie sous la canicule.

Julien trotte autour d'elle. Je l'entends babiller à distance : « Moi je m'en fiche de toi. Je veux rester avec mon papa. »

J'avance le long de cette large avenue romaine à quatre voies. En ce matin d'été, il n'y a ni voiture ni animation. Les chaussées sont vides, que le soleil rend poudreuses.

Je marche à toute allure.

Essoufflée, Mathilde m'a rattrapé. Elle est à un mètre maintenant. Je plonge une main dans ma poche, en tire mon porte-monnaie. L'ouvre. Un billet de cinquante euros. « Voilà. Va t'amuser avec Julien, passe une bonne journée. Ciao. »

Le feu est rouge, je traverse. Dans mon dos, résonne un cri. « Nooon. »

Quoi, qu'est-ce qu'il y a encore ?

C'est Mathilde qui aboie comme une furie après moi. « Je ne suis pas une pute. Tu ne me paies pas pour garder ton fils. Je suis venue te rejoindre ici, à Rome, j'ai fait douze heures de voyage pour te voir, maintenant tu t'occupes de moi.

— Pas question. Je te dépose à la gare ce soir. Pour toi les vacances sont terminées. Je te paie un billet pour où tu veux. Allez, ouste, du balai. Dégage.

— Moi, je veux rester avec mon papa », répète Julien.

Hier soir, Mathilde est descendue de son train après une escale à Milan. Roma, Stazione Termini. Avec Julien, nous l'attendions dans le hall dallé de la gare, en regardant les publicités italiennes défiler sur un écran à cristaux liquides. Enfin, la vieille loco aux phares épuisés est arrivée. Mathilde est apparue en bas d'un wagon. Maigre comme une araignée. Elle avait encore perdu deux ou trois kilos. Et un teint pitoyable, cireux, caca d'oie.

« T'as mauvaise mine, je lui ai dit.

— Ah bon ? Pourtant, je viens de me pincer les joues pour reprendre des couleurs.

— T'es blafarde quand même. T'as dormi, ces dernières nuits ?

— Oui.

— Tu as couché avec un autre ?

— Non. Rien depuis ton départ.

— Et avant ?

— Oh écoute, ça va. Ne recommence pas. Tu vas gâcher nos retrouvailles. »

Dans le quartier du Colisée, nous avons trouvé un restaurant servant des spécialités de poisson sous des lanternes en fer forgé, avec un menu touristique en trois langues. Nous avons discuté de choses et d'autres, de son boulot, de mon périple avec Julien. Nous nous sondions, nous essayions de reprendre nos marques. Pas facile, après ces deux semaines d'interruption, en ces temps confus, de savoir à quoi s'en tenir. Nous faisions de l'ajustement. Nous réglions notre focale, afin d'avoir chacun une vision moins floue de l'autre.

Plus tard, à l'hôtel, une fois Julien endormi, l'ambiance s'est dégradée. J'ai serré Mathilde contre moi, elle est restée raide comme une planche. Je l'ai embrassée sur la joue, passe encore. J'ai tenté d'atteindre sa bouche, elle s'est détournée.

« Non, ça, c'est pas possible. Surtout pas la langue. Je ne peux pas. Pas pour l'instant. »

J'ai fait descendre ma main sous le drap, pour m'emparer d'un sein fondu, pas plus gros qu'un château de sable détruit par une vague. Elle s'est recouverte avec brutalité.

« Tu ne veux pas ?

— Non. J'ai sommeil. J'ai fait un long voyage. »

La perfide s'est retournée sur le côté, endormie direct. Moi, je suis resté de longues minutes à digérer ma déception. Elle parcourt deux mille kilomètres pour me voir, mais elle ne veut pas faire l'amour. Pourquoi faut-il que son corps se maintienne à cinquante centimètres du mien ? Je suis demeuré là, sur le lit mou, à respirer. Le corps de Mathilde a eu quelques secousses nerveuses, sa façon à elle d'entrer dans le sommeil. Julien ronflait déjà – pas croyable comme cet elfe peut émettre des ronflements de vieux soudard.

Dans la chambre d'hôtel, il faisait chaud. Au moins trente-cinq degrés. Ma peau était trempée. Je me suis relevé ouvrir la fenêtre. Puis j'ai abandonné par terre mon tee-shirt et mon caleçon. L'unique moyen de se sentir à l'aise.

Le lendemain matin, Mathilde n'a pu s'empêcher de lancer un fielleux commentaire : « Quand est-ce que ça va s'arrêter ?

— S'arrêter quoi ?

— Toi, tu ne vas pas continuer à te balader à poil devant moi.

— Et pourquoi pas ?

— Parce que... parce que ça me dérange. Je n'y suis pas, là. Et puis, tu pourrais penser à Julien. »

Je repensais surtout au lago di Piediluco.

« Écoute, c'est mon fils, je ne vais pas commencer à me cacher devant lui.

— D'accord. Mais moi, je ne veux pas. Je trouve ça malsain. Tu crois lui faire plaisir en lui imposant la vue de tes couilles et de ta bite au réveil ? Tu penses vraiment que c'est une manière d'éduquer ton enfant ? Par respect, tu devrais t'abstenir.

— De quoi tu m'accuses au juste ?

— Je te demande un peu de décence, de discipline. Par expérience, les pères, je sais qu'en général mieux vaut s'en méfier.

— T'es une sacrée connasse. »

Dix minutes plus tard, nous étions dans la rue. Loin de se dissiper, le mécontentement me montait aux narines. Je me suis mis à avancer de plus en plus vite, à leur fausser compagnie à tous deux. Sur la via Venti-Settembre, j'ai foncé. Tant pis. Qu'ils galopent. Marche ou crève. Tout en accélérant, je fomentais mon plan. L'objectif était simple : me débarrasser de la teigne au plus tôt.

« Tu vas te calmer, me dit-elle. Arrête cette scène, tu veux. Pas d'engueulade devant Julien.

— Qu'est-ce que ça peut lui faire qu'on se fâche ? On s'est déjà séparé.

— Écoute-moi bien, Alexandre. Tu m'as fait venir ici. Toi, tu connais cette ville. Moi, je n'ai aucun sens de l'orientation. Je suis paumée. Je n'ai lu aucun guide, je ne sais même pas ce qu'il faut visiter. Alors, maintenant, on va se promener ensemble. Tu vas me montrer les quartiers historiques. Tu le ferais même pour une vague connaissance. Même une vieille tante dont tu te fous éperdument, tu ne la larguerais pas dans cette fournaise. Nous avons vécu douze ans ensemble, tu as un fils avec moi, tu me dois quelques égards. J'ai quand même choisi de te rejoindre, de passer mes vacances auprès de toi. D'accord, je n'y suis pas encore, je n'arrive pas à être ta femme. Mais rien ne m'obligeait à être là, je t'ai choisi comme compagnon pour ce voyage. Maintenant, tu marches doucement, tu nous attends et on reste ensemble. »

Elle me remet dans la poche, de force, le billet de cinquante euros.

Le même jour,
une heure plus tard :
trois têtes molles

« *No,* on n'en veut pas, de cette cochonnerie ! »

Sur le troisième vendeur ambulant qui vient nous accoster à la sauvette, piazza Navona, je passe mes nerfs. Il fait chaud. La foule des touristes mijote sur cette place en forme de cocotte-minute. On piétine entre les tee-shirts bariolés. Mathilde a de l'électricité dans la voix et les gestes. Julien me sautille autour. Le petit noyau familial est totalement désaccordé.

« Dégage, connard ! », dis-je au petit brun maigre comme une lame, à la peau cuivrée (d'où peut-il venir ? Un Roumain sans doute. Ou un Calabrais). « Y en a marre, *go away, go away.* » Sur son masque hâlé, la cornée blanche de ses yeux éclate. Il me regarde en roulant des billes. Il tarde à détaler.

« Tu devrais faire gaffe, Alexandre. Calme-toi. Ou tu vas te prendre un coup. »

Je me tais. Nous poursuivons. Un mètre plus loin, il en surgit un autre. Ils vendent tous la même camelote par ici : des boules anti-stress de fabrication artisanale – un ballon de baudruche rempli de farine, avec deux yeux autocollants et un pompon au sommet pour faire les cheveux. Malléables, les boules forment de grossiers visages.

Mais je sens la main de Julien qui me retient par la ceinture. « Dis papa, tu m'en achètes une ?

— Non.

— Pourquoi ?

— Parce que ça sert à rien.

— Allez... »

Nous marchons jusqu'à la fontaine. Dans *La Dolce Vita*, Anita Ekberg y prend un bain en pleine nuit. La place est vide, l'eau du bassin qu'elle agite projette des reflets mouvants sur les façades. La naïade est accompagnée par le demi-dieu Mastroianni. La ville dort. Rien de commun entre la beauté sauvage de ces statues de chevaux au galop sur la pellicule noir et blanc de Fellini, et le monument réel que j'ai sous les yeux, d'un vert pâle surexposé, transformé en une attraction de Disney.

« Je m'assois, j'en peux plus. »

Mathilde s'effondre sur un parapet. Des gouttes de sueur naissent à la racine de ses cheveux, vers les tempes, et glissent sur ses joues rougies.

« S'il te plaît, papa, moi je veux un bonhomme.

— Tu sais, dit sa mère, on devrait peut-être lui en acheter.

— Tu plaisantes ou quoi ?

— Attends, ça coûte pas cher, un euro. Il faut bien penser à lui. Ça fait deux heures qu'il marche sans se plaindre. Au moins, après, il sera content et on aura la paix. Tu ne crois pas ?

— Non. »

Je sors de mon sac mon appareil photo. Je ne sais pas pourquoi, je fais une photographie de la fontaine. J'ai lu quelque part, dans une étude, que les différents rituels auxquels se livrent les touristes en terre inconnue – photographier les monuments célèbres, acheter des souvenirs inutiles, manger dans les restos recommandés par le guide – servent à se rassurer, à baliser le terrain et à conjurer la peur de l'étranger.

Hélas, Mathilde et moi sommes paumés, sans remède. Nous sommes perdus l'un pour l'autre.

« Attends, je vais voir combien ça coûte. »

Cinq minutes plus tard, je la vois revenir en compagnie d'un vendeur. Il montre ses bonshommes. « Tu vois, Alexandre, c'est pas cher. » Un anti-stress pour un euro. Trois têtes molles pour deux. « C'est toi qu'as l'argent », renchérit la maligne.

Puisque tu le dis...

De mauvais gré, je farfouille au fond d'une poche pour en tirer une pièce.

« Vu ce que ça coûte, on devrait en prendre trois. »

Le père, la mère, le fils : la sainte farine au complet.

Je sors une deuxième rondelle. Le vendeur ramasse la somme, nous passe un sachet plastique avec notre achat, et déguerpit sans demander son reste. D'après ses propres critères, il doit exister plusieurs catégories de touristes. Mais nous n'appartenons pas à celle des nigauds ravis, ni à celle des pingres. Nous faisons bel et bien partie des tarés.

Août 1994 :
Roma, amor

Étrange effet de symétrie. L'été avant de rencontrer Mathilde, je suis déjà venu à Rome. Avec Jovlaine. Je sais, ça peut paraître bizarre, mais ce n'est pas un surnom. Elle s'appelait vraiment Jovlaine – c'est le prénom que ses parents, des babas cool, avaient inventé exprès pour elle.

Nous avons fait le voyage en autocar. Il y a eu une pause dans une station-service, sur l'autoroute, à quinze bornes de la Ville éternelle. Nous en avons profité pour échanger des câlins planqués derrière la cafétéria. Quand nous avons enfin levé le nez de nos bécots, nous nous sommes aperçus que le bus s'était fait la malle.

Sans mollir, nous avons fait du stop et sommes tombés sur un papy, qui a proposé de nous louer un appartement de six pièces – dans lequel il logeait des étudiants durant l'année – pour dix jours. Mille francs de l'époque, de la main à la main. Une aubaine.

Roma, amor.

C'est sur ce palindrome que nous avons conçu nos vacances. Avec Jovlaine, nous avons forniqué un peu partout. Iconoclastes comme les ados adorent l'être, nous avions une prédilection pour les petites églises néo-classiques, pour les chapelles excentrées, les autels sombres, les boîtes grinçantes et fleurant l'encaustique des confessionnaux. Nous nous sommes unis entre les roseaux sur les rives du Tibre et dans des ruelles désertes, à point d'heure.

Dans l'appartement, le festin continuait. Nous avons étrenné les six pièces de notre royaume. Une nuit, Jovlaine est revenue de la cuisine avec une bouteille d'huile d'olive. Enduits des pieds à la tête, nous avons prolongé nos ébats sur le carrelage glacé. Et fini par nous endormir sur la couverture d'un lit non défait.

Au petit matin, clac, clac, deux tours dans la serrure. Je me relève en sursaut, cherche un bout de tissu pour me couvrir. C'est le papy qui nous fait l'honneur d'une visite, qui vient voir si tout se passe bien. Il arrive au seuil de la chambre, voit la bouteille d'huile. La pièce empeste. Jovlaine est nue. Là, il commence à nous incendier en italien. Je balbutie des excuses.

Mais Jovlaine, les seins pointus et arrogants, se dresse d'un bond sur ses jambes, changée en Walkyrie. Nous sommes ses locataires, il n'a pas le droit de venir à l'aube faire une inspection des lieux sans prévenir. Il a enfreint les règles tacites du contrat. Tandis qu'ils dégoisent, moi je me rassois au coin du lit et contemple les traces huileuses sur les carreaux avec mélancolie. Le vieux finit par battre en retraite.

De vindicative, Jovlaine redevient légère.

Trois mois plus tard, je la quitterai pour Mathilde. Elle sera malheureuse, abandonnera le lycée, partira à l'île Maurice et deviendra lesbienne… Mais c'est une autre histoire.

Tous les chemins mènent à Rome.

M'y voici de nouveau, pour célébrer un naufrage de douze années.

Dimanche 30 juillet (de nouveau), le soir : *grandiloquence marbrée*

J'avance sur le sol de marbre de Saint-Pierre de Rome. Un vrai jardin, ce dallage. Des étendues vert épinard, lourdement veinées. Des fleurs roses piquetées comme des peaux. Des damiers noir et blanc. Des cadres ocre. De mètre en mètre, mes pas diminuent. Je dois avoir je ne sais quoi de pas franc, de chafouin dans le visage, d'inhabituel dans la démarche. Je sens Mathilde, à mon bras, se tendre. Elle a lu dans mes pensées, déjoué mon misérable et prévisible plan.

« Non, s'il te plaît... »

J'opine bizarrement du chef, la bouche tordue par un rictus.

« Non, ne le fais pas. »

Devant nous passe un groupe de Japonais comme des nains de jardin en tenue coloniale. Il y a aussi des nonnes recueillies, qui regardent mains jointes en direction de l'autel, tout au bout de la forêt de colonnades. Comme Cortés, je suis décidé à brûler mes vaisseaux. À proférer l'ultime imbécile parole au-delà de laquelle il n'y a plus que la fusion ou la scission.

« Je t'en prie, je ne veux pas, continue-t-elle.

— Mathilde... »

Ses doigts se crispent, secs comme ceux d'une marionnette dans ma main.

« Veux-tu être ma femme ? Veux-tu m'épouser ? »

Je la regarde dans les yeux. Il y a deux sortes de personnes. Celles dont je retiens facilement la couleur des yeux. Et celles pour lesquelles j'ai toujours un doute. Pour Mathilde, que dire : vert ou marron ? Marron sans doute, mais le centre est vert. Bref, une teinte pas nette, un mélange.

Mon rythme cardiaque augmente, à mesure que passent les secondes.

Mathilde fait un geste pour rétracter sa main, me la reprendre. Mais je ne lui permets pas cet éloignement. Je pourrais jouer l'insistance, relancer, lui demander : « Alors ? » Je préfère attendre, voir comment elle va s'en sortir. Ses lèvres ne se descellent pas.

Saint-Pierre ferme bientôt, il n'y a pas beaucoup de monde dans cette immensité. Les silhouettes humaines flottent, compressées par les masses de pierre et les enluminures. Mathilde n'a toujours rien dit, mais nous recommençons à marcher.

C'est la première fois que je lui fais une demande en mariage. Toutes ces années que nous avons passées ensemble, je les ai vécues au jour le jour, sans la prendre ni me prendre au sérieux, croyant pouvoir à n'importe quel moment révoquer cette relation d'un cœur égal. Quand les autres voulaient savoir pourquoi nous ne nous mariions pas, nous répliquions des banalités du genre : « Pas question de mettre l'État dans nos histoires de fesses » ou « En tant qu'enfants de divorcés, nous pensons que le mariage est un piège à cons ». De temps en temps, malgré ces vagues préventions, Mathilde me glissait une allusion : « Moi, je n'ai jamais aimé mon nom » ou bien « J'ai envie de m'appeler comme mon fils ». Je me contentais d'un haussement d'épaule. Au diable la cuisine bourgeoise. À quoi bon se faire des promesses, se lier juridiquement ? Il n'y a que les actes qui comptent... Peut-être. Mais aujourd'hui que tout part à vau-l'eau, j'ai envie de tenter le coup. De lui proposer le grand saut. D'être soudé à elle définitivement, ne serait-ce que par une signature. Un engagement formel. Oui, j'ai envie qu'il y ait une limite à l'instabilité des sentiments.

Mathilde ne répond toujours pas. Julien doit avoir compris, les enfants ont le sens des occasions importantes. Il se fait minuscule, ne moufte pas. Lui aussi, il est pendu aux lèvres de sa mère. La banale visite touristique s'est transformée en procession.

Les paroles sont liquides. Pour solenniser des mots aussi bénins et aventureux que : « Veux-tu m'épouser ? », j'avais besoin de cette grandiloquence marbrée, de cette débauche de grandeur renaissante. Non par religion, ni par superstition. Mais parce que la basilique est un cadre où la parole s'écoule autrement. Vieille stratégie des prêtres, qui du haut de leur chaire répandent un Verbe nimbé d'autorité, paré de transcendance. Athée comme moi, Mathilde est perméable aussi à l'intimidation vaticane. Elle se tait, oppressée – quand, si je lui avais fait ma demande dans la salle de bains à l'hôtel, elle m'aurait simplement ri au nez.

« Je ne peux pas te répondre. Pas maintenant.

— Pourquoi ?

— Mais enfin, Alexandre, nous nous engueulons depuis ce matin.

— C'est vrai, et alors ?

— Je ne peux pas t'aimer. Je suis... préoccupée... par quelqu'un d'autre. Je ne vais pas jouer ma vie à pile ou face.

— Quand on accepte de se donner, ça ne peut pas être une décision seulement rationnelle. Il y a une prise de risque dans l'amour. On n'a pas besoin d'obéir à des règles. Moi, j'ai envie que tu sois ma femme, parce que j'aime ton sourire, ton intelligence, ton corps. J'aime te baiser. J'aime discuter avec toi. J'aime m'engueuler avec toi. J'ai envie que nous soyons l'un à l'autre pour toujours.

— Nous sommes liés. Mais en ce moment, j'ai besoin d'air... »

Comme tu voudras.

Je lâche la main scélérate.

J'ai réussi à convaincre une inconnue de coucher avec moi dans un train. Mais la mère de mon fils, je n'arrive pas à la décider à m'épouser.

Ma trajectoire est celle, errante, du chasseur-cueilleur.

Ainsi soit-il.

Jeudi 3 août :
avanie et framboise

La scène est à San Gimignano, le plus charmant des villages toscans, serti dans une muraille médiévale et orné de tours poussées comme des morilles sur une touffe d'humus.

Petite place, aux pavés inégaux. Autour, de basses maisonnettes aux crépis orangés qui s'effritent, une volée de marches blanches menant à une chapelle. Au centre, la margelle d'un puits. Au-dessus, un ciel orageux, prenant des teintes d'outremer et d'encre noire, complémentaires des notes chaudes des façades. L'endroit est excentré, rares sont les touristes. Des gamins jouent au foot. Notre fiston galope parmi la troupe. L'air est tiède, de temps à autre il faut se claquer la main sur la cuisse pour y écraser un insolent moustique.

Mathilde et moi dînons en terrasse. Des spaghettis franchement médiocres, plus ramollis que les pires pâtes françaises (la cuisine de ce restaurant est immangeable, cela explique sans doute la quasi-désaffection dont jouit cette place). Au-dessus de l'assiette, j'égrène un chapelet de compliments et de déclarations d'amour, ricoche de paraboles en hyperboles. Mathilde m'écoute. Elle est touchée. Elle apprend à me réévaluer.

Moi qui me suis toujours méfié des mots en amour – bons pour les naïfs, seuls comptent les actes – je révise mes *a priori*. En déployant un baratin formidable, je regagne du terrain. Mathilde, à qui je n'ai jamais fait un compliment, boit mes paroles. J'encourage mon éloquence primesautière à petites gorgées d'un chianti long en bouche comme du Destop.

Plus tard, sous la tente, l'été gèle à pierre fendre. Voici le laborieux marchandage de nos gestes :

Je rampe hors du sac de couchage pour embrasser la joue de Mathilde. Elle reste immobile comme une statue.

Je me hisse jusqu'à ses lèvres. Elle ne les desserre pas.

Je tente d'immiscer un baiser dans la fente de son visage. La pointe de ma langue s'écrase sur le mur des dents, le bubble-gum des gencives.

Je ne me décourage pas. Du fourreau en plume d'oie, j'extirpe un bras. Lui caresse les cheveux. Lui dis que je l'aime, qu'elle est belle. Elle pousse un profond soupir.

Je défais le zip de mon sac. Puis tente d'en faire autant avec le sien. Mathilde se braque. « Non, pas ce soir.

— Nous avons pourtant passé une bonne soirée.

— Justement. On dirait une carte postale.

— Est-ce que je peux me branler sur toi ? »

Elle acquiesce silencieusement. Dans la pénombre moite de la tente, je retrouve la prière mécanique des solitaires. Mathilde reste impassible, elle essaie de rendre sa présence aussi secondaire, aussi arrangeante que celle, mettons, du tapis de sol. C'est pas grave, je ferme les yeux. Il faut soulager la tension.

« Caresse-moi », dis-je.

Aucune réaction.

« Prends-moi dans ta bouche, je vais finir. »

Peine perdue.

La semence s'éparpille en lourdes gouttelettes.

« C'est bon ? Maintenant, à moi. »

Mathilde profite de ce relaps après ma jouissance pour se donner du plaisir à son tour. Elle aussi doit se soulager. Mais pas avec moi, vu qu'elle ne me désire plus.

Elle ne me désire pas, ne m'a jamais désiré, plusieurs fois elle me l'a répété. Depuis le début de ces vacances, je pleure beaucoup. Ça me prend comme ça, par moments. C'est irrépressible.

Cette après-midi, sur une chanson de Boby Lapointe – « Avanie et framboise/sont les mamelles du destin » disait le refrain branque et joyeux diffusé par les enceintes de notre voiture – je me suis mis à chialer. Chialer, c'est le mot. Ça n'avait pas la noblesse des larmes. C'était beaucoup plus compulsif et animal. Comme chier. Mathilde ne disait rien. Du fond de son siège auto, Julien interrogeait : « Papa, tu pleures ? » Comment lui expliquer la violence de la perte de l'être aimé ? On ne peut la comparer qu'à celle du deuil. Accepter la mort d'un proche, c'est se mesurer à la barrière de l'impossible. Il ne reviendra pas, le temps est à sens unique, la porte du néant ne se franchit qu'une fois. Mais précisément, par son caractère assuré et définitif, la mort offre un point d'appui solide à la tristesse. Il y a dans le chagrin d'amour la même privation que dans le deuil, mais sans la certitude. On ne peut pas renoncer à la présence d'une personne qui vit toujours, qui est là, à la fois atteignable et perdue.

J'ai stoppé net la voiture au beau milieu d'un virage. « Ça va pas la tête ? », a crié Mathilde, mécontente. Derrière, un klaxon a retenti. « Prends le volant. Je n'en peux plus. » Nous avons échangé les places et, une fois à l'arrière, je me suis enfoncé dans ma litanie de souffrance.

« Raconte-moi des trucs », demande-t-elle sous la tente.

Je reste mutique.

« T'as bien des fantasmes. »

Silence encore.

« Alors, c'est moi qui vais parler. J'aimerais bien te voir en train de prendre une autre fille.

— Mais c'est de toi que j'ai envie.

— Non, tu ne me plais pas en ce moment. J'aimerais voir comment tu t'y prendrais avec une autre. Ou, mieux encore, avec deux autres filles. Oui, c'est ça. Elles seraient toutes les deux à quatre pattes devant toi, elles te montreraient leurs fesses. Et toi, tu les materais. Tu hésiterais avant de choisir dans laquelle t'enfoncer.

— Pourquoi tu me parles de ça maintenant ? Il y a une minute, je bandais, je voulais être avec toi.

— Tais-toi. Tu les baiserais l'une après l'autre. Elles aimeraient ça. Ça leur plairait, ta grosse queue. Oui, oh oui... attention, je vais jouir. »

Mathilde soulève son bassin. Quelques secondes avant l'orgasme, sa sueur mute. Elle change d'odeur, devient épices, cumin, poivre noir. Elle vient.

« Mmh... C'était bon. »

Samedi 5 août :
entre les murailles

Volterra, c'est, sur un promontoire, une citadelle de pierres noires, un découpage de ruelles austères aux pavés glissants. Un couchant de mauve et d'or baigne les bosses des collines au loin, entrevues par intermittence, entre les murailles.

Ainsi, le monde est beau.

Mercredi 9 août :
c'était pas génial

« T'as plus rien à perdre maintenant, dit-elle.

— C'est vrai. »

Mutine, Mathilde pointe vers moi la lame de son visage. Me défie de ses grands yeux noirs. Elle est d'humeur légère, prête à franchir d'un bond enjoué le gouffre de vérité en train de s'ouvrir devant nous.

« Alors, dis-moi.

— Non.

— Combien de fois tu m'as trompée ? »

Il y a des choses comme ça, qu'il vaut mieux ne pas s'avouer. Rien de tel qu'une séance de sincérité débridée pour foutre les dernières illusions d'un couple par terre. Mathilde, j'y tiens encore. Elle, qui s'en moque, s'offre le luxe de la provocation. Elle bouge légèrement sur ses genoux, se balance contre le bras du canapé.

Nous sommes chez sa grand-mère, dans une résidence années 1970 des environs de Cannes. On aperçoit au loin, par-dessus une barre d'immeubles, la grande mer bleue surmontée du ciel blanc. La fenêtre est entrouverte, par salves entre l'air du dehors, qui fait ondoyer le voilage comme le ventre d'un reptile.

« Si tu me racontes tes histoires, je te dirai les miennes.

— Je les connais déjà.

— Non, pas toutes... Alors ? Qu'est-ce que t'en penses ? »

La curiosité l'emporte. Mais j'ai la peur au ventre.

« Qui commence ?

— C'est toi, propose Mathilde. Puisque c'est toi qui as ouvert le bal. D'abord, il y a eu la blonde, Caroline. Ce qu'elle m'a fait souffrir, celle-là ! T'imagines pas... »

Caroline : chevelure si claire qu'elle en paraissait blanche. La pointe des seins grenue. J'étais étudiant en troisième année de fac, elle était dans mon amphi en macroéconomie. Une fois au lit, j'ai eu du mal à la pénétrer. J'ai dû ajuster mon geste, forcer. Après, elle m'a annoncé d'une voix faible que c'était sa première expérience. Un filet de sang dilué, d'un rose presque transparent, s'était répandu sur les draps. Quand elle a appris ma trahison, Mathilde a fait une scène. Si véhémente que j'ai stoppé net la bluette. Exit. Caroline est partie en vacances en Chine, d'où elle m'envoyait des missives m'accablant de formules empoisonnées comme « ton sperme a pourri en moi ».

« Ensuite, il y a eu Mei, l'Asiatique. Je me souviens, tu te l'es tapée et tout de suite après tu as débarqué chez moi pour te confesser. Tu étais encore essoufflé... J'ai passé l'éponge.

— Faut dire qu'à cette époque, tu ne voulais aucun rapport.

— C'est vrai. C'est pour ça que je ne me suis pas fâchée.

— De toute façon, c'était pas génial.

— Je ne t'en demande pas tant. Si tu me trompes, autant que tu prennes ton pied. Attends voir... » Mathilde réfléchit. « À la même période, il y a eu Judith. La vache, celle-là aussi, elle m'en a fait baver. »

Je revois la scène comme si c'était hier : un dimanche matin, Mathilde et moi flânions sur le marché du quartier. Soudain, surgie d'on ne sait où, informe dans son duffle-coat marine, voilà Judith qui me saute au cou. « Alexandre, quelle surprise ! » Mathilde me regarde sans comprendre, elle n'a jamais entendu parler de cette fille. Mais Judith ne se fait pas prier pour fournir les explications : « Alexandre habite juste à côté de chez moi. On se voit souvent. On est supercopains... Allez, à bientôt. » Elle s'est éloignée en sautillant, nous a plantés là avec nos sacs de courses et de malaises.

Judith : petite, ronde où il faut, souffrant d'un terrible appétit d'hommes. Chez elle, c'était buffet à volonté. Issue d'une famille bourgeoise, elle savait qu'elle finirait par se ranger. Elle flambait ses vingt ans. Nous étions, combien, une demi-douzaine, peut-être une douzaine de mecs à passer la voir régulièrement. Elle était toujours d'attaque. Parfois, quand je montais chez elle, elle était en train de fumer une clope avec un thésard en caleçon, ou bien elle me servait un café en poudre et un australopithèque sortait de la salle de bains avec un pagne autour de la taille.

« C'est tout, j'y suis pour la première période ?

— Oui.

— C'est sûr, y a rien eu d'autre ? »

Bon, il reste bien une petite Laure dans un coin de ma mémoire. Barge, Laure. Plutôt classe en apparence, BCBG, elle payait ses études en bossant comme entraîneuse dans un bar américain. Elle aussi collectionnait. Elle couchait sans préservatif. Trois mois plus tard, je faisais grise mine en allant chercher le test... Pourtant, si je dois retenir une image de cette fille, dans cette revue, ce serait plutôt celle-ci : j'ai éjaculé sur son ventre. Elle a ramassé le sperme du bout de l'index et l'a mangé, comme si c'était du miel.

« Et toi ? dis-je. Tu m'as trompé combien de fois avant qu'on parte à Péronne ?

— Eh bien, j'ai eu une aventure avec ce type, l'architecte... »

Pour lui, j'étais au parfum. Quarante ans, voûté et cabot, le genre Poulbot.

« Tu m'as dit que c'était pas inoubliable.

— Ouais, c'est vrai... D'abord, il en avait une toute petite. Il bandait mou, il a joui au bout de cinq minutes. Il voulait recommencer, mais j'ai préféré arrêter là.

— T'as bien fait.

— Pas de jugement moral, s'il te plaît. Ensuite, j'ai voulu te quitter. Alors j'ai pris pour de bon un amant. Il était ingénieur.

— Quel âge ?

— Notre âge. Il sortait des Mines. Y gagnait drôlement bien sa vie... »

À l'époque, j'étais fauché. J'essayais de percer avec mes livres, c'était comme pousser un mur.

« Pourquoi t'es pas restée avec ?

— Il était pas très intello. Il me manquait quelque chose.

— Et au lit ?

— C'était super.

— Vraiment ?

— Oui, beaucoup mieux qu'avec toi. Il n'était pas très viril pourtant, mais quand il me prenait, je ne sais pas, ma tête se mettait à tourner, j'avais des vertiges...

— Ça a duré longtemps ?

— Quelques semaines. Ensuite, on ne s'est pas vu pendant six mois. Et puis, on s'est recroisé. Comme le désir était toujours là, hop, on a recouché ensemble.

— C'était bien ?

— Oui. Mais après l'amour, il m'a dit d'un air très satisfait : "De toute façon, tous les deux, c'est sûr qu'on va se suivre. On va baiser tous les six mois ou tous les ans, jusqu'à la fin de notre vie." Alors là, j'ai pensé : "Mon coco, tu peux toujours courir. Tu rêves." Et ne l'ai jamais plus revu.

— Il n'est pas revenu à l'assaut ?

— Si. Mais la porte était fermée. »

Je prends une profonde inspiration.

« Ça ne me plaît vraiment pas, que vous ayez remis ça à six mois d'intervalle.

— Pourquoi ?

— C'est comme s'il y avait deux tromperies au lieu d'une.

— Ben non, c'est la même.

— Moi, en tout cas, j'ai toujours des aventures limitées. Oui, c'est ça, strictement circonscrites dans le temps. Un soir, je vois rouge ou je suis bourré, je couche avec une fille de passage. Mais ensuite, je ne rappelle pas. Je n'entretiens pas l'équivoque, je ne mène pas deux vies en parallèle...

— C'est pas ce que tu as fait avec Judith ?

— C'était exceptionnel. On a dû coucher une dizaine de fois ensemble. Et ça a duré trois mois, grand maximum.

— Nous sommes très différents. Toi, tu es un chaud lapin. Faut toujours que t'ailles fourrer ta queue quelque part. Moi, j'ai tellement souffert de tes tromperies que j'ai cherché à me libérer, à partir avec un autre, et je n'y suis jamais parvenue. Tu m'entends ? Jamais. On ne peut vraiment pas appeler cela tromper. Tandis que toi, oh, pardon ! »

Nous faisons une pause, restons silencieux. De l'autre côté de la cloison nous parvient la clameur étouffée du téléviseur, que la grand-mère de Mathilde laisse allumé pendant sa sieste. À quatre-vingt-deux ans, après avoir si longtemps exercé l'éprouvant métier de femme, elle a manifestement besoin de repos. Par moments, au-dessus du ronron de la première chaîne, s'élève un ronflement catarrheux attestant qu'elle vit toujours.

Au loin, la mer prend un bain de soleil.

À ce stade, craignant de semer le doute, il faut que j'apporte une précision : ceux qui connaissent Mathilde seraient déjà stupéfaits par ce début de conversation. Car elle est l'archétype de la fille sérieuse, n'a vraiment rien d'une nympho. Dans sa famille, sa cousine (plus d'une centaine d'amants au compteur) et sa sœur (une cinquantaine seulement) la traitent de nonne. Mathilde fait les yaourts et le pain elle-même, à la fin de l'été elle prépare des confitures pour l'hiver, elle sait tricoter, broder, tirer la révérence. La maison où elle habite est toujours si propre que vous pourriez manger sur le sol et boire dans la cuvette des WC. Fée du logis à l'ancienne mode, elle est née en 1976 par inadvertance : s'il y en a une seule que vous ne soupçonneriez pas d'adultère, c'est elle. Voilà qui peut vous servir de jauge et donnera une idée des écarts dont est capable votre propre tourterelle, si vous êtes un homme.

Nous n'avons pas encore abordé la zone sensible, c'est-à-dire la période qui s'ouvre après le déménagement à Péronne, avec la grossesse et la naissance de l'enfant. Idéalement, il faudrait préserver ces souvenirs, leur donner un statut à part. En ces temps-là Mathilde et moi étions au faîte de notre amour, nous nous sommes unis pour donner la vie. Y avait-il sous l'oreiller un nœud de vipères ?

« Après la naissance de Julien, dit Mathilde qui met directement les pieds dans le plat, tu as eu des aventures ?

— Euh... non.

— Tu mens. C'est pas juste. On était parti pour tout se dire.

— D'accord, mais là, je préférerais qu'on laisse planer le doute. À quoi bon ternir le passé ?

— On ne salit rien. On remet les compteurs à zéro, c'est pas la même chose. Je répète ma question : m'as-tu trompée après que Julien est né ?

— J'ai pas envie de répondre.

— Dans ce cas, je vais le faire : moi, je t'ai trompé.

— Pas possible.

— Oui, je l'ai fait une première fois quand il avait deux ans et demi.

— Comment tu as pu ?

— Un soir, je ne sais pas si tu t'en souviens, nous avons eu une conversation. Nous avons établi un arrangement spécial. On a convenu que si, un jour, on avait une aventure et qu'on n'en disait rien à l'autre, ce n'était pas très grave, on s'en fichait... pourvu que ce soit ponctuel. »

Je me le rappelle. Ce soir-là, Mathilde présentait le problème de manière abstraite, arithmétique. Comme si elle était en train de dérouler une équation. Elle a posé, en préalable, qu'il lui paraissait peu probable de mener une vie commune pendant des années sans commettre la moindre incartade. Cela vaut-il la peine de se déchirer, de détruire un foyer pour une simple partie de jambes en l'air ? Non, il faudrait être fou pour prétendre le contraire. Mathilde m'a conduit à admettre explicitement qu'on avait le droit à quelques pas de côté, pourvu 1°) de mettre une capote, 2°) de n'en rien dire à l'autre. Sur le moment, je trouvais l'équation lucide, bien formulée. Sans même supposer – le benêt – que son intention n'était pas de définir une règle générale applicable dans un lointain avenir, mais bel et bien d'obtenir de ma part l'autorisation d'aller s'envoyer en l'air avec un mec sur-le-champ.

« Alors, comme ça, tu t'es servie de notre accord.

— Ben oui, il était fait pour, non ?

— Je n'en reviens pas. T'as de la suite dans les idées... Et je peux savoir avec qui c'était ?

— Tu ne connais pas.

— Le voisin ? »

Père de famille, trois enfants, maqué avec une rouquine hautaine, le voisin lorgnait discrètement sur Mathilde et lui glissait des avances dans les couloirs.

« Non, tu connais pas, je te dis.

— Un collègue ?

— C'est pas la peine, tu ne trouveras pas.

— Ça a duré longtemps ?

— Une seule fois. On a fait l'amour chez lui. Tout est retombé. Je n'aurais jamais dû aller si loin. C'est vraiment le genre de coucherie bête, inutile, qui peut déstabiliser un couple pour rien. Il n'y a qu'une chose qu'était chouette avec ce type-là, c'est le baiser.

— Comment ça ?

— Il embrassait très bien. »

J'ai la bouche sèche. Tout d'un coup, je n'éprouve plus le même embarras que tout à l'heure. Non, je me sens même très à l'aise, j'ai envie de déballer à mon tour mes secrets.

« Moi, je suis resté fidèle pendant quatre ans. Pendant la grossesse, d'abord, et ensuite jusqu'aux trois ans de Julien. Ça n'a l'air de rien (j'aimerais la faire culpabiliser), mais je pense que ton aventure minable a dû ébranler notre entente. Même si je n'étais pas au courant, elle a forcément provoqué une fissure souterraine...

— Donc, quand Julien avait trois ans, tu t'es tapé Molly.

— Ouais. On peut le dire comme ça. »

Molly : cette année-là, je louais une chambre dans une sorte de résidence d'étudiants, pour avoir un lieu d'écriture indépendant du foyer, un « bureau » où je ponçais les angles d'un problématique roman. Molly était américaine, elle séjournait une année en France pour approfondir sa connaissance de la langue. Elle utilisait un shampooing parfumé aux plantes vertes, une odeur que j'avais souvent sentie dans mon enfance car des cousines avaient le même. Les matins où Molly avait pris sa douche, quand j'entrais dans la résidence, cette odeur riche d'évocations troublantes me submergeait. J'aimais bien son prénom, aussi. Et le fait qu'elle soit juive. Après Judith, je m'étais construit une petite mythologie personnelle au sujet des Juives : je les croyais plus libres et plus sensuelles que les autres ; elles n'avaient pas reçu en héritage le stupide ressentiment des catholiques envers le corps.

C'est lors d'une marche, par une chaude après-midi de printemps, que j'ai cédé à ses avances. Nous avions emporté une bouteille de rosé fraîche, je l'emmenais la boire sur un promontoire intéressant. Sur la route goudronnée qui longeait la ligne de crête, le désir s'est mis à monter pendant que nous discutions. Détail piquant : nous avons vu sur la chaussée, qui rampait devant nous, tandis que nous prenions clairement conscience de l'imminence d'un coït en cette riante nature, un serpent. Oui, un véritable serpent qui sinuait lentement, et dont la présence inquiétante conférait à la scène une aura biblique.

Cinq minutes plus tard, nous étions à poil, et j'essuyais un fiasco : éjaculation précoce. Ça ne marchait pas, avec Molly. Par la suite, je lui ai fait l'amour quelques fois, mais il me fallait toujours un prodigieux effort de concentration. En bon catholique, je repensais à ma femme et à mon fils, la culpabilité me détournait de l'acte. Quant à Molly, elle était insupportable : à peine entrais-je en elle, qu'elle se mettait à hurler, à crier, mais pas du tout à la façon de Pauline, elle simulait, elle faisait du cinéma. Depuis, je me suis forgé une mythologie personnelle au sujet des Américaines. J'imagine qu'elles sont toutes aussi démonstratives que les actrices du X – et frigides.

« Pour parler franc, avec Molly, c'était la panne. Mais cela a ouvert les vannes. Après, je me suis senti plus libre.

— Tu veux dire qu'il y en a eu d'autres ?

— Affirmatif.

— Combien ?

— Pas tant que ça.

— Raconte.

— Seulement si tu es gentille... Quelque temps après Molly, en été, je suis allé en vacances en Haute-Savoie, tout seul. Tu t'en rappelles ?

— Oui, tu avais besoin de prendre l'air. Tu voulais réfléchir à un nouveau livre.

— C'est ça... Exactement.

— Je t'ai cru, d'ailleurs. Je n'ai pas supposé un instant que tu partais draguer.

— Moi non plus, il n'y avait aucune préméditation. Mais c'est pourtant là que j'ai battu mon record d'âge.

— T'as couché avec une vieille ?

— Disons qu'elle approchait des soixante.

— Ça ne t'a pas dégoûté ?

— Non.

— Vous avez fait ça où ?

— Dans sa caravane. Elle m'y a attiré, j'étais un peu saoul. Et en avant la musique.

— Pfui. Aucun scrupule. Quel salaud. »

L'inconnue du camping : cela a peut-être l'air « trash », mais cette collusion improbable baignait dans une sorte d'effroi métaphysique. Si je devais comparer cette étreinte à quelque chose, ce serait aux *Leçons de ténèbres* de Charpentier, à la *Grosse messe C-Moll* de Mozart, ou encore à la preuve de l'existence de Dieu par saint Anselme de Cantorbéry. C'était de la théologie. Cette femme avait tout perdu, mari et enfants. Par passion, elle était partie sur les routes avec un romanichel, qui s'était mis à la frapper. Elle lui avait échappé de justesse. En fait, elle n'était pas en vacances au camping : depuis des mois, elle y survivait tant bien que mal à l'aide du RMI. Sa famille ne voulait plus entendre parler d'elle. Son histoire d'amour l'avait consumée. À peine eut-elle fini de narrer sa pathétique carrière que j'ouvrais les boutons de mon pantalon. Sans hésiter, elle s'est jetée sur mon sexe pour le téter. Son corps était curieux. Très jeune par endroits – elle avait les seins fermes et roses, le ventre plat et blanc d'une jeune femme de vingt ans. Mais aux épaules, aux coudes et aux genoux, à la naissance du cou, la chair était plus fine que de la soie et présentait des centaines de plis infimes. Nous nous sommes allongés en nous caressant doucement. Je lui ai déclaré, comme un ordre : « Je veux te voir jouir. » Et j'ai fait l'expérience de la machine à remonter le temps. Elle, qui avait les joues criblées, devenait lisse et colorée comme un poupon. Elle rajeunissait à vue d'œil.

« Y en a eu d'autres ?

— Oui. L'hiver suivant, je suis parti en Israël, tu te rappelles ?

— En somme, à chaque voyage, tu t'en es tapé une. Et moi qui te laissais partir d'un cœur léger.

— Attends, écoute mon histoire. Je suis allé dans une soirée d'expatriés. Comme c'étaient des gens qui vivaient sous pression, qui bossaient dans un climat de guerre, en Palestine, ils avaient une manière de se défouler carrément orgiaque, inqualifiable. J'ai trouvé parmi eux une petite nénette qui ne demandait pas mieux qu'une nuit de folie.

— Elle s'appelait comment ?

— Amélie.

— Elle te plaisait ?

— Je ne le dirais pas comme ça. Mais au lit, elle était incroyable, j'ai rarement vu une chose pareille.

— Qu'entends-tu par là ?

— Eh bien, on ne se connaissait pas, et pourtant, elle a réussi à encaisser une sodomie qui a duré plus de trois quarts d'heure, montre en main. Sans moufter, sans se plaindre qu'elle avait mal. À la fin seulement, c'était trop sec, alors je suis repassé devant.

— Un phénomène.

— Oui. Un sacré tempérament. »

Amélie : elle aussi éprouvait pour le sperme un attrait peu conventionnel. J'ai joui sur elle. Je me suis allongé sur le dos. Quand une fille normale aurait pris un mouchoir pour s'essuyer, elle s'est étendue sur moi et s'est mise à me masser doucement, avec ses seins et son ventre, en utilisant la viscosité de la semence comme un lubrifiant entre nos corps. Elle a continué à nous enduire ainsi, patiemment, jusqu'à ce que je sois de nouveau excité.

« C'est la dernière de la liste ?

— La pénultième. »

Intuitivement, j'estime qu'il est plus raisonnable de ne pas citer l'inconnue du TGV.

« Figure-toi que, dans les derniers temps de notre relation, quand ça n'allait plus, que tu passais des heures à écrire des messages à ton chéri en cachette, un soir, plein de dépit, je suis entré dans un café. Il y avait une femme, pas mal, en train de boire un verre toute seule.

— Âgée ?

— Trente-cinq ans.

— Ouf, je préfère ça.

— Je l'ai abordée. Je lui ai demandé ce qu'elle faisait dans la vie, elle m'a dit qu'elle était la secrétaire de l'évêque de Paris. J'ai sifflé d'un air admiratif, avant d'ajouter que j'étais athée. Et là, alors que je ne la connaissais ni d'Ève ni d'Adam, je lui ai balancé de but en blanc : “Ça vous dirait d'aller à l'hôtel ?” Elle est restée bouche bée. Puis elle a acquiescé. Elle n'a même pas fini sa bière. Nous sommes sortis ensemble bras dessus bras dessous. »

La secrétaire de l'évêque : mauvais coup. Son mari venait de prendre la tangente avec une autre, ce qui expliquait son humeur déstructurée. Elle n'avait jamais eu d'orgasme de sa vie. C'est ce qu'elle désirait le plus au monde, maintenant que son mariage était à l'eau : « Je vais coucher avec un maximum de mecs – t'es le premier sur ma liste – et me taper un mégaorgasme. Na ! »

« Ça, tu vois, je ne supporte pas. Tes histoires de cul à l'état pur, sans aucun sentiment. Vraiment, ça me choque.

— Et toi... À chaque fois que tu couches avec quelqu'un, tu tisses une relation de séduction complexe, profonde. Ça dure pendant des semaines, à la fin tu craques. C'est odieux, non ? Moi au moins, j'agis à l'impulsion.

— C'est pire. T'es comme un animal. »

Sonné par ces révélations, je tente de faire les comptes. Mathilde : 4 points. 5, avec le dernier. Moi : 7 points, selon la version officielle. 9, selon la version officieuse. 10, en incluant Pauline. Bien sûr, j'éprouve de la jalousie, du dépit, mais pas uniquement. Je me sens aussi soulagé. Jusqu'à présent, j'avais le mauvais rôle. J'étais l'infidèle, le volage. Mathilde campait la respectable statue du devoir. Peu importent les scores – aujourd'hui, nous sommes à égalité.

Je demande, d'une voix radoucie : « Pourquoi avons-nous toujours ressenti ce besoin d'aller voir ailleurs ?

— Parce que nous n'étions pas satisfaits l'un de l'autre.

— C'est ce que tu penses ?

— C'est évident, non ? Moi, je ne t'ai jamais désiré facilement. J'ai toujours eu du mal à faire l'amour avec toi, ça ne venait pas spontanément. Je me rappelle qu'au début de notre relation j'étais choquée. Je te trouvais trop brutal, sans la moindre poésie. Sans tendresse. Tu me rentrais dedans, j'avais l'impression chaque fois d'être violée. Pendant toutes ces années, je me suis forcée. Je t'ai aimé, mais physiquement, je me suis toujours sentie agressée.

— Moi non plus, je n'ai pas éprouvé beaucoup de bien-être. On ne faisait pas assez l'amour à mon goût, j'étais toujours en manque.

— Un jour sur deux, au minimum ! On l'a fait beaucoup plus que la plupart des couples qui durent.

— Peut-être, mais pour moi, ça représente déjà un immense effort de ne faire l'amour qu'une fois par jour. Et, dès qu'on saute vingt-quatre heures, c'est affreux, je commence à ressentir les effets de la privation. J'ai l'impression de ne plus exister, d'être mort.

— T'as jamais été normal, sur ce plan-là. Je peux t'assurer que les autres ne sont pas comme toi.

— Comment expliques-tu que nous soyons restés ensemble si longtemps ? dis-je.

— C'est dingue. Nous avons insisté dans une impasse.

— Tu crois que c'est souvent comme ça, le couple ? Que c'est une aliénation, une ornière qu'on creuse et dans laquelle on s'embourbe ? »

Vendredi 11 août :
nous avons enfin trouvé la nuance

Avec Mathilde, nous sommes dans une onglerie. Non, elle ne veut pas de vernis, n'en a jamais mis. J'insiste. Elle accepte de faire un essai. La couleur cassis lui va mal, bon pour une quinquagénaire. Rose des sables est fade. Caramel dénote sa pétasse. Bégonia convient aux beautés discrètes. Monaco flashe trop. Tulipe détonne avec la peau. Nous avons enfin trouvé la nuance idoine : Idaho. Idaho, c'est la fusion parfaite du vermillon et du marron, une teinte soutenue et féminine, qui se marie à merveille avec le bronzage de Mathilde. Elle résiste. J'argumente, elle obtempère. Je lui achète les flacons, Idaho et dissolvant, et je sens qu'à côté de moi elle est touchée. Je ne me suis jamais occupé d'elle ainsi. Par distraction bien plus que par jalousie, je ne l'ai jamais encouragée à être belle.

Samedi 12 août :
d'une fraîcheur encore acceptable

Si j'étais un réactionnaire de gauche, je dirais à peu près ceci : l'inauthentique se substitue partout à l'authentique, l'artificiel au réel. Plus de sentiers imprévisibles dans nos forêts, mais des GR balisés. Plus de tomates à moitié jaunes, goûteuses et terreuses, mais des éponges insipides d'un rouge de peinture fraîche. Plus de café en poudre, mais des capsules chimiques pour percolateurs de marque. Plus de chaleur humaine, de veillées au coin du feu, mais des soirées cocooning à regarder des séries américaines. Plus de repas de famille, mais des plateaux télé. Plus de génies, plus d'artistes maudits, mais des animateurs culturels et des créatifs surmenés. Plus de jus d'orange, mais des pastilles de vitamine C. Plus de respect pour la belle écriture, mais le langage SMS et le sabir approximatif des courriels érigés en norme universelle. Plus d'hommes politiques portés par des convictions, mais des escrocs cyniques et dominateurs. Plus d'individus capables de supporter les souffrances et la finitude de l'existence, mais des bébés névrotiques langés par des armées d'assistantes sociales, de psychologues et de coachs. Plus de hobbies, mais des foules grégaires se traînant chaque samedi vers les centres commerciaux. Plus de dogmes religieux, mais une spiritualité *new age*. Plus de couples d'amoureux... plus de couples ?

Si j'étais un réactionnaire de gauche, je chercherais sans doute à prendre ma revanche en projetant ma propre médiocrité sur le monde. Est-ce que ça existe encore, un homme et une femme qui s'aiment simplement, *pour de vrai* ?

Regardez-nous. Mathilde et moi, gentiment attablés dans ce restaurant agréablement situé en face d'une église romane, dans un village du Clunysois, en train de siroter deux filtres d'amour. Mathilde a détaché ses cheveux. Houleux, le passage par l'Italie lui a conféré une belle teinte d'ambre. La cornée de ses yeux ressort à vif sur la peau mate de son visage. Ses longs doigts de pianiste s'ornent d'une touche d'Idaho, sa lèvre boudeuse est maquillée. Elle boit à petites gorgées. Moi-même... Je m'aperçois que, jusqu'ici, je ne me suis pas décrit. Par égard envers le lecteur, pour lui faciliter son travail d'identification. Si j'avais annoncé tout de suite la couleur, si j'avais dit combien fascinante est ma beauté, intenses mes yeux bleus (dont on me complimente chaque jour depuis le berceau), romantique mon teint pâle, désarmant et irrésistible mon sourire, saines et chevalines mes éclatantes incisives, bref, si j'avais commencé par énoncer quelques vérités déplaisantes me concernant, j'aurais encouru le risque d'en dégoûter plus d'un. « Pouah ! » vous seriez-vous exclamé. Encore cette littérature française narcissique et sans imagination. J'ai donc ménagé votre susceptibilité et attendu le moment propice pour vous dire de quel merveilleux physique je suis pourvu. Apollon pâlirait à mes côtés.

Une vraie photographie de mode, cette paire de trentenaires d'une fraîcheur encore acceptable, qui profitent d'une longue soirée d'été pour dîner en tête à tête.

Oui, mais c'est compter sans l'altération subtile qui ronge nos cœurs. Sur la table en teck, je tiens la main de Mathilde serrée dans la mienne. Nous avons les mimiques d'un couple authentique, les mêmes œillades prolongées. Il y a presque de l'entrain dans nos crépitantes conversations. Hélas, nous ne sommes qu'un gâchis. Notre relation est faussée, il n'y a plus aucune réciprocité du désir entre nous. Nous sommes déliés. Elle rêve d'un autre. Et moi, je pense à ce qui va arriver après le dîner. En sortant de table, si nous étions de véritables fiancés, voilà ce qui me plairait : garer la voiture dans un fossé, sauter la barrière d'une de ces grasses prairies de la région et faire longuement l'amour dans l'herbe, nus, éclairés seulement par la lune.

Je règle l'addition.

Nous quittons le restaurant, Mathilde est à mon bras. Elle me pose un bisou sur la joue pour me remercier de l'invitation. Nous avançons jusqu'au parking, on entend au loin le cri intermittent d'un chat-huant. Je mets le contact, nous empruntons la départementale. Les phares de la voiture éclairent les voûtes profondes d'une forêt domaniale. J'ai ma femme à mes côtés, j'ai envie d'elle, pourquoi n'essaierais-je pas ? J'avise un remblai sur le côté, me gare, coupe le contact. Déjà, mon sexe se cabre dans les plis de mon pantalon.

« Ben Alexandre, qu'est-ce qui t'arrive ? Tu te sens mal ? T'es fatigué ?

— Non. »

Je la regarde droit dans les yeux, en essayant de prendre une expression d'assurance complétée d'une once de salacité bienvenue. Je lui décoche un sourire ambigu que je crois sexuellement imparable.

« Non, Alexandre, pas ici.

— Pourquoi ? Pour une fois qu'on est tous les deux. En pleine nature.

— J'y suis pas, là. On vient de manger, j'ai l'estomac plein.

— Moi aussi, qu'est-ce que ça fait ?

— Pour tout te dire, je suis ballonnée. »

Je lui pose la main sur l'épaule. Glisse les doigts dans son corsage, touche la peau lisse et ronde, parviens à la naissance d'un sein.

« S'il te plaît, se plaint-elle.

— Et si je t'obligeais ? Si je te prenais de force, là ? J'en suis capable... »

Mathilde n'a pas l'air spécialement effrayée.

« Écoute, on va pas en reparler à chaque fois. J'ai envie de dormir, c'est tout. On rentre à la maison. »

Résigné, je remets le contact. J'essaie de me rappeler le montant de l'addition, histoire d'avoir un ordre d'idée du fric que j'ai perdu ce soir.

Dimanche 13 août :
les rêves de Mathilde

Elle dort.

Maintenant, quand elle s'endort à mon côté, j'éprouve une confuse contrariété. Il me semble qu'elle m'échappe, qu'elle ne tombe pas dans le sommeil parce qu'elle a besoin de repos, mais par pur égoïsme. Elle dort *contre* moi, pour me montrer à quel point ma présence lui est indifférente. Pour son amant, elle était toujours en forme, gorgée de vitalité. Avec moi, la nuit, elle se laisse choir comme une masse. Je deviens jaloux, tellement possessif que même les rêves de Mathilde m'incommodent et me paraissent appartenir au registre de ses infidélités.

À côté d'elle, je veille. J'adore dans l'ombre une divinité silencieuse, qui se fiche de moi, qui se dérobe, qui ne m'envoie aucun signe en échange de mes supplications.

Je crois que je déteste l'amour, et la fin de l'autonomie qui l'accompagne.

Lundi 14 août :
les rougeurs du couchant

« Ce n'est probablement pas le meilleur moment pour te dire ça, mais j'adore ta chatte.

— Pourquoi, qu'est-ce qu'elle a de si spécial ? »

Nous sommes assis sur le bas-côté. Nous chuchotons, car Julien est endormi au fond de la voiture, avec un filet de salive qui dégouline sur son tee-shirt. Nous l'avons baladé toute la journée, de boutique en aire de jeu, de terrasse de café en visite d'église. Parents diligents, soucieux de le laisser finir sa sieste, nous attendons qu'il se réveille par lui-même, qu'il achève son cycle de sommeil. Après quoi, nous traverserons la nationale pour nous rendre chez ces amis qui nous attendent et doivent déjà en être à l'apéritif. Mathilde masse ses pieds enflés. Difficile d'imaginer situation moins intime, moins libertine. Pourquoi parler à ma femme de sa chatte dans ces conditions ? Par jeu, pour amener un zeste de gaieté anachronique au milieu du désastre des vacances.

Maintenant elle me regarde sourcils baissés. Elle attend un développement. Pas de problème, je peux approfondir : « Ta chatte me plaît, d'abord, parce qu'elle n'est pas épilée.

— J'en déduis que Pauline se rasait.

— Bien vu. Ensuite, comment dire, tu as des petites lèvres. Le clitoris aussi est plus court que la moyenne, c'est presque un problème d'ailleurs. Mais les lèvres, j'apprécie qu'elles ne soient pas grandes.

— Pourquoi ?

— Parce que, chez certaines, ça fait comme des pétales de viande qui pendent. Il y a des femmes qui ont des chattes vraiment charnues, de grosses orchidées. C'est un peu répugnant, on n'a pas envie de les sucer. Tandis que ton sexe est joli, fermé et arrondi comme celui d'une statue.

— Et à l'intérieur, je suis différente des autres ?

— Pas fondamentalement. Non, si je devais relever un signe particulier, je dirais que tu as des poils plus fournis au niveau des lèvres que sur le mont de Vénus. D'habitude, c'est le contraire...

— Ah ouais, tu as repéré ça.

— Évidemment. Je te connais par cœur. »

Du fond de la voiture aux vitres baissées, Julien lâche un gros soupir. Nous jetons un coup d'œil. Il a toujours la tête penchée à quatre-vingt-dix degrés, agitée de temps à autre d'un soubresaut car il manque d'appui.

« C'est salaud de me dire ça, lâche Mathilde les joues en feu. Maintenant je n'oserai plus me déshabiller devant personne.

— À cause de cette toison un peu plus dense vers le bas ? Tu as tort. Et puis, ça donne à la fente un air un peu ébouriffé, comme un oursin. »

Au loin, le soleil touche l'horizon. À travers les nuages boursouflés percent les rougeurs du couchant.

« À ton tour, dis-je.

— Comment ça ?

— À toi de décrire ma bite. Puisque tu as des points de comparaison. Dis-moi ce que tu en penses.

— D'accord. »

Mathilde sourit. Elle a vraiment changé. Il y a quelques mois, un tel sujet de conversation l'aurait gênée.

« D'abord, ça va te faire plaisir, tu en as effectivement une très grosse. En tout cas, c'est la plus grosse que j'ai connue.

— Super.

— Oh, tu ne devrais pas t'en vanter. D'après mon expérience, ce n'est pas parce qu'une bite est grande qu'elle donne beaucoup de plaisir. Au contraire. Pendant des années, jusqu'à l'accouchement, tu me faisais carrément mal.

— Mets tous les bémols que tu veux, je suis content d'être mieux équipé que tes amants. En ce qui concerne sa forme ?

— Elle est très... droite. Rectiligne.

— J'en déduis que ton chéri l'a tordue.

— Non, mais elle est quand même légèrement courbée. Tandis que la tienne... On dirait un bâton ou une barre de métal. Faut dire aussi qu'elle est très dure, tu ne ramollis jamais pendant l'amour. Les autres, ils ont des phases, ils sont tantôt raides, tantôt souples. Toi, tu restes le même tout le temps. Quand tu es en moi... c'est comme si tu m'enfonçais une épée dans le corps. Oui, c'est vraiment ça, une épée ou un poignard. »

Une petite voix retentit au fond de la voiture : « Papaaaah... »

Mathilde et moi reprenons aussitôt notre visage de parents attentionnés, anxieux de bien faire. Tous deux au service de ce petit bonhomme né, six ans plus tôt, de la rencontre improbable d'un oursin et d'une lame.

« Oui, mon ange ? »

Mercredi 16 août :
viser la cuvette des WC

« J'en ai assez. Je n'y suis pas. »

Je ne sais pas pour vous, mais moi, les scènes de ménage me font trembler. Quand Mathilde prend un ton furieux, je rapetisse à vue d'œil. Je voudrais rentrer sous terre. Je n'ai jamais aimé l'affrontement, ces instants où la conjugalité devient corrida. Contrairement à Mathilde, je suis incapable de colère, de me fâcher pour de bon. J'ai comme un élan, je feins l'attaque, mais aussitôt, le côté dérisoire de la situation m'apparaît. Pour défendre mon bout de gras, il me manque la conviction. Je suis trop sceptique pour soutenir *mordicus* une cause, serait-ce la mienne.

« Tu me parles de mariage, de projets d'avenir. Tu me dis que tu m'aimes. Mais je n'y suis pas. Je ne suis pas prête. »

Théâtrale, Mathilde se tient dos à la fenêtre, appuyée à la balustrade. Ma posture me place d'emblée un cran en dessous, dans une attitude de soumission. Je suis allongé sur le lit, où j'étais en train de lire un magazine. J'ai enlevé mes chaussures. Mathilde lève les sourcils, son front est maintenant bosselé comme l'échine musculeuse d'un taureau. Comment être crédible, comment me lancer dans une plaidoirie valable alors que je suis en chaussettes ? Qu'au bout de mes chaussettes, les gros orteils sortent par les trous ?

« Tu es revenu vivre dans cet appartement. Mais je ne veux pas de toi ici. Ton haleine qui pue le vin quand tu sors de table. Tes fringues sales, ton linge que je dois laver. J'en ai marre de faire la vaisselle pour toi. De nettoyer ta pisse, parce que t'as jamais été capable de viser la cuvette des WC. De te cuisiner des petits plats, de prendre mes repas avec toi trois fois par jour à heure fixe, d'avoir ta tronche en peinture. Je n'en peux plus de me sentir obligée de faire l'amour. Si t'arrives pas à te retenir, trouve une solution, je ne sais pas, moi, fais-toi des piqûres. »

C'est comme une giboulée, une averse de printemps : il suffit d'attendre que ça passe. Ce goût des crises, Mathilde le tient de sa famille. Dans son entourage, il est naturel d'exploser, de récriminer, de soulager son mécontentement par des éclats spectaculaires.

« J'ai envie d'être seule, tu comprends ça ? Tu entends ce que je te demande ? »

Voilà qu'elle pleure. Relevant légèrement le menton, je mise sur une attitude aristocratique et condescendante. Plus je suis froid, moins je réponds à la provocation, et plus loin va son courroux, plus elle est exaspérée. Les larmes, maintenant. J'ai l'impression d'une comédienne, une héroïne échappée d'une pièce de Racine qui me joue son final, alors que nous ne sommes que des enfants du XXIe siècle. Ohé ! C'est fini, la passion, tu ne le sais pas encore ? Nous sommes entrés dans l'ère postmoderne, il n'y a plus rien de sérieux pour nous. Ce qui est à la mode à présent c'est le cynisme, l'enjouement distancié. Pas ces simagrées de tragédienne. Mais pourquoi ce masque grave, pourquoi ces perles salées qui roulent sur tes joues ?

Jeudi 17 août :
à l'état de confettis

Rouge. Pas bordeaux, ni prune, encore moins rose : non, le rouge véritable, qui n'est pas tout à fait le vermillon, mais s'en rapproche. Rouge comme on imagine le petit chaperon du conte. D'ailleurs, cette couleur tranche de façon agréable avec la blondeur sèche et paille de ses cheveux.

Un choix osé, mais judicieux.

Pauline est assise en face de moi, elle porte sa tasse de thé à ses lèvres. Cette rencontre, je ne l'ai pas organisée. Croyez-le ou non mais, dès mon deuxième jour de travail, j'ai croisé Pauline par hasard dans la rue, en sortant du bureau. Nous nous sommes souri benoîtement – pour ne pas dire comme deux nigauds – et elle a accepté un verre sans hésiter.

Son chemisier rouge lui serre la poitrine, la met en valeur comme un superlatif accolé à un nom propre. Incomparable Pauline. Je ne peux m'empêcher de détourner les yeux de son visage pour les plonger dans son corsage – en général les filles remarquent ces mouvements subreptices des pupilles, mais ne les désapprouvent pas toujours. Nous avons les mains posées sur la table. Nous toucherons-nous du bout des doigts ? Même pas. Nous avons tant de choses à nous raconter.

« Tu es partie cet été ?

— Oui, je suis allée à Amsterdam. Pendant trois semaines. Là-bas, j'ai travaillé comme une dingue, je suis à peine sortie de l'hôtel.

— Tu étais accompagnée ?

— C'est-à-dire que... Tu vois, quand tu m'as quittée, je me suis retrouvée vraiment livrée à moi-même. Je suis allée quelques jours chez une amie près de la côte sauvage, sans dire à personne où j'étais. Ma mère a même appelé la gendarmerie... Moi, je bronzais, j'allais me baigner tous les jours. Je me sentais bien. À mon retour, Y. est revenu. Il avait changé.

— Tu rigoles. »

Je tire une moue.

« Non, non, c'est vrai. Il était tout miel. Il reconnaissait ses torts, m'a demandé pardon. Il s'était radouci. Bien sûr, il me racontait aussi des bobards, il me disait qu'il avait eu trois maîtresses entre-temps, qu'il avait vécu avec elles des relations torrides, “tantriques”. Et il m'a proposé ce voyage en Hollande. Il voulait s'isoler pour écrire, moi j'avais une commande de traduction. À Paris, c'était la fournaise, la ville était vidée de ses habitants. Un four dépeuplé...

— Tu n'as pas à te justifier. Je comprends », dis-je.

En réalité, c'est faux : non seulement je trouve incompréhensible que Pauline se soit de nouveau laissé embobiner par Y., mais je réalise maintenant à quel point cette fille est inconséquente, dingo, givrée. Quoi ? Elle est capable de passer l'éponge sur une *tentative de meurtre* – pour laquelle elle n'a même pas porté plainte ? Elle ne dépend pas de Y. financièrement. Aucun mariage, aucune pression extérieure ne l'obligent à rester avec lui. L'impuissance, la violence, elle les accepte volontiers. Mieux, elle y trouve son compte. Pourquoi une telle complaisance ? Je ne pige pas, n'étant nullement psychanalyste.

« C'est gentil. En tout cas, poursuit-elle, il s'est passé des choses vraiment incroyables avec Y. On dirait que nous allons enfin réussir à vivre une histoire ensemble...

— Tu veux dire qu'il a réglé ses problèmes d'érection ? »

Son sourire déborde d'indulgence.

« Non, pas à ce point-là. Le problème d'Y., vois-tu, c'est d'éprouver son corps. Il est toujours dans l'intellect, dans le raisonnement. Sa difficulté, c'est de descendre vers la chair. Il ne supporte pas le contact des peaux. Mais un soir à Amsterdam, il a eu un geste inouï, qui m'a bouleversée...

— Quoi ?

— Il m'a embrassée.

— Pas possible. Avec la langue ?

— Non. Mais il m'a embrassée sur la bouche. C'est une grande première. C'est la première fois de sa vie que ça lui arrive. Je t'assure, j'ai affaire à un autre homme. »

Je réduis mon papier de sucre à l'état de confettis. Observe Pauline du coin de l'œil. Elle attend manifestement une réaction de ma part, que je lui donne mon assentiment. Elle n'est pas encore assez folle pour ne pas éprouver le besoin de convaincre.

« Entre nous, tu es une femme assez... comment dire... expansive. Tu n'es pas spécialement prude. »

Elle se rengorge, flattée.

« Bon, et qu'est-ce qu'une bombe sexuelle dans ton genre peut faire quand s'installe l'hiver ? Je ne comprends pas comment tu peux supporter un homme qui ne te fait pas l'amour.

— Oh, eh bien... Ce n'est pas si grave. J'ai envie de dire une chose terrible, tu vois : la cure progresse. Y. a un profil de psychotique, mais j'ai l'impression de lui faire du bien, de le ramener doucement vers la santé. Il y a une analyste qui résumait ainsi les discours que lui tenait une patiente : “Un jour, je saurai faire de la bicyclette.” Moi, je nourris un espoir du même genre. Je reste avec Y. en me disant qu'un jour, dans quelques mois ou dans quelques années, il saura lui aussi pédaler.

— Et en attendant ?

— Ma vie n'est pas si désagréable. Toute la question, c'est de savoir quoi faire de ma frustration. »

Elle me lance un regard bizarre.

Le chemisier rouge me l'avait rendue attirante. Ainsi que l'odeur de son eau de toilette, peu dosée, qui venait doucement me chatouiller les narines. Maintenant, ces désirs se sont dissipés. Il a suffi qu'elle me donne un aperçu des méandres de sa vie affective pour doucher mon excitation.

Séduit par un morceau d'étoffe, lassé en quelques phrases.

Jeudi 17 août :
je n'ai jamais essayé la cocaïne

Où est-elle ?

Partie boire un verre, avec des amis.

À l'en croire.

Le téléphone sonne, j'attrape. C'est une voix de femme affolée, qui tourbillonne dans l'écouteur comme un papillon autour d'une flamme : « Bonjour, j'aurais souhaité parler à Mathilde.

— Elle est sortie. Est-ce que je peux prendre un message ?

— Non, non, je rappellerai. »

Cette voix, je ne la connais pas. Nasillarde, très française. Elle n'appartient à aucune de nos amies répertoriées. Dans un éclair de lucidité, avant que le cadran du téléphone ne s'éteigne, je note le numéro qui s'y affiche. Un fixe. Je m'isole dans la chambre. Il vente, les ramures du figuier dehors toquent contre les carreaux. J'inspire à fond pour calmer le trac et compose. À l'autre bout du fil, l'inconnue décroche aussitôt. « Bonsoir, dis-je calmement. En fait, je sais qui vous êtes. J'ai deviné.

— Vous... savez ?

— Oui, je suppose que vous êtes la femme de l'amant de ma femme.

— Mathilde a une liaison avec mon compagnon.

— Je suis au courant.

— Ça fait des mois que ça dure. »

L'occasion est trop belle. Je vais pouvoir enfin lever le mystère, recomposer les parties manquantes de l'histoire. Car, malgré la liberté de parole qui règne entre nous, Mathilde garde le silence sur l'identité de son dernier amant. Elle a toujours refusé de me dire le prénom de cet homme, pour qui elle m'a quitté au mois de juin. Et son métier.

Cette omerta m'a conduit à toutes sortes de conjectures. Soit il s'agit d'un homme célèbre, dont elle voudrait préserver l'anonymat. Mais où aurait-elle rencontré une star ? Ces derniers mois, elle suivait un stage de requalification. Ou bien, c'est un de ses profs. J'ai supposé aussi qu'elle se censurait à cause d'une sorte de préjugé de classe : le type en question devait être flic, agent du fisc, plombier, pompiste, maître-nageur, garde du corps, RMIste ou gynécologue, bref, le genre de profession dont on ricane en bonne compagnie.

Bien qu'elle fasse de la rétention pour toutes les informations d'état civil, Mathilde m'a décrit à plusieurs reprises son caractère, se débrouillant pour qu'il apparaisse à mille lieues du mien. C'est un garçon tendre, attentionné, tolérant, respectueux. Tel qu'elle le dépeint, il est imbibé de moraline. Envers moi par exemple, il ne se serait jamais autorisé une parole déplacée. Il aurait le plus grand respect. Son indulgence universelle surmonterait toute considération d'intérêt. Ce petit salopard, cette mauviette sournoise, cet éjecteur de mari lui a fait le coup de la gentillesse.

« Écoutez, voilà ce que je vous propose, dis-je. Vous allez m'expliquer tout ce que vous savez sur eux. Ensuite, je vous donnerai ma propre version des faits. Ainsi nous pourrons compléter le puzzle.

— D'accord... (Il faut vous imaginer, à chaque point de suspension, qu'elle sanglote bruyamment. Le nez pris, elle tente tant bien que mal de ravaler morve et larmes.)

— On commence par le début. Comment s'appelle votre compagnon ?

— Stéphane...

— Il a quel âge ?

— Trente-deux ans.

— Vous avez des enfants ?

— Oui... Le petit... est né cette année...

— Qu'est-ce qu'il fait dans la vie ?

— Ah... Vous n'étiez pas au courant ? Ils étaient ensemble en stage, tous les deux. Il était dans le même groupe que Mathilde... Ils se voyaient tous les jours...

— Savez-vous quand a commencé leur liaison ?

— Je dirais en avril.

— D'après moi, ils ont commencé à coucher ensemble plus tard, en juin seulement.

— Vous en êtes sûr ?

— Quasiment. D'après ce que j'ai compris, leur relation a évolué progressivement. Ils ont commencé par faire des promenades, par déjeuner tous les deux de temps en temps. Il lui prêtait des livres et des CD. Ils s'échangeaient des e-mails. C'est d'ailleurs comme ça qu'il l'a séduite, en lui envoyant de longues déclarations d'amour. À la même époque, mon couple était en crise. Mathilde et moi, on ne passait plus de bons moments ensemble. Début juin, d'un commun accord, on a décidé de faire une "pause". À partir de là, la voie était libre.

— Stéphane... Il m'a menti pendant cette période. Il était négligent, odieux... Il sortait, le soir, en refusant de me dire où il allait... Avez-vous remarqué que Mathilde était souvent absente le jeudi ?

— Euh... Pas vraiment.

— Non ? Tiens, c'est curieux. Il y a une sorte de tradition, chez nous. Le mardi, c'est le jour où je sors de mon côté avec mes copines. Mais le jeudi, c'est son soir... On s'est toujours laissé cette marge de liberté...

— Moi, au début du mois de juillet, j'ai fait un *come-back*. Je suis revenu, j'ai dit à Mathilde que je l'aimais. Elle a accepté de mettre entre parenthèses sa relation avec Stéphane, et on a décidé de partir ensemble pour l'Italie.

— Ça ne colle pas... J'ai toutes les factures de téléphone. Je peux vous certifier que, jusqu'au 28 juillet, ils se sont téléphoné sans arrêt. Non seulement ils passaient leurs journées ensemble au centre, mais la nuit ils restaient souvent trois ou quatre heures à discuter... Si c'est ce que vous appelez une liaison suspendue...

— J'étais avec mon fils en Italie. Mathilde m'avait pourtant promis qu'elle ne profiterait pas de mon absence.

— Vous êtes naïf... Par exemple, à cet instant même, vous savez où elle est ?

— Elle boit un verre avec des amis.

— En êtes-vous bien certain ?

— C'est ce qu'elle m'a dit.

— Je pense qu'ils sont ensemble.

— Pourquoi ?

— En ce moment, Stéphane vit chez sa sœur, qui est partie en vacances. Je l'ai appelé, ce soir. Il avait une voix bizarre. Il était distant. Il y a aussi un indice qui ne trompe pas : normalement, avant de raccrocher, il me dit toujours "je t'embrasse, ma chérie". Cette fois-ci, il s'est contenté d'un "au revoir" tout court.

— Qu'en déduisez-vous ?

— Qu'il n'est pas seul. Mathilde est avec lui.

— De deux choses l'une. Ou bien ils s'aiment sincèrement, ils ont eu le "coup de foudre" selon l'expression consacrée, et on ne pourra rien y faire. Nous sommes foutus, leur passion est solide. Ou bien... ils ne sont pas tout à fait sûrs de leurs sentiments, il y a des tensions entre eux. Et nous avons peut-être une chance de renverser la vapeur.

— Vous avez envie de reconstruire votre famille ? demande-t-elle.

— Oui. Et vous-même ?

— Oh oui... Je voudrais qu'il revienne à la maison... Pour moi, pour les enfants...

— La sœur de Stéphane, elle habite où ?

— Avenue Ledru-Rollin.

— Quel numéro ?

— Au 7.

— Il y a un code ?

— Peut-être, je ne sais pas. Que voulez-vous faire ? Vous y allez ?

— Oui, pour en avoir le cœur net. Je vais vérifier s'ils sont ensemble en ce moment. Bonsoir. »

Lorsque je raccroche, mes mains sont secouées spasmodiquement. Je respire par saccades, mon diaphragme saute comme un ressort sous mes poumons. J'ai une bouffée de chaleur. Le sentiment qui domine est la colère. Non seulement je suis furieux, mais j'ai comme une instance seconde. Les pensées sont nettes, défilent vite. Je n'ai jamais essayé la cocaïne mais, d'après les témoignages que j'en ai, elle procure un effet similaire : une sensation de toute-puissance, d'acuité souveraine.

Oui, je m'apprête à foncer au 7, avenue Ledru-Rollin. Aucun problème : par une coïncidence extraordinaire, une jeune baby-sitter est venue habiter chez nous pour quatre jours, pour couvrir la fin des vacances scolaires. Elle dort sur un matelas dans la chambre de Julien. Je peux donc abandonner sans crainte l'appartement et plonger dans la jungle nocturne.

Mais avant de quitter la tanière, j'éprouve une curiosité irrépressible. Les révélations de la femme de Stéphane ne m'ont pas suffi. Je veux boire jusqu'au bout le calice d'infamie. J'ouvre l'ordinateur portable que j'ai offert à Mathilde il y a six mois (quel con !). Enclenche la fonction Rechercher. Une merveille, cette fonction. Autrefois, elle ne repérait que les noms des fichiers. Maintenant, elle vous sort des abysses du disque dur tous les documents où figure le mot qui vous intéresse. Je tape Stéphane, puis Entrée. La pêche est maigre. Je trouve le brouillon d'un e-mail dans lequel il propose un rendez-vous dans un café, un autre qui se conclut par un « message à caractère strictement personnel : je t'aime ». Banal. Et puis, j'exhume le trésor caché. Dans le fouillis des puces dormaient ces mots de feu. Une lettre s'affiche sur l'écran scintillant :

« Lettre à cœur ouvert
À toi Stéphane,
Mon amant que j'aime,

Ai-je bien eu cette discussion avec toi, hier soir ? Elle parlait d'amour, du tien et du mien. Que nous faisions un pacte, celui de lui donner une chance. Une chance véritable d'exister entre nous... »

Au lieu de détourner la tête, je relis le texte plusieurs fois, scrupuleusement, de façon à le mémoriser. Puis je fais un copier-coller, ouvre l'explorateur Internet et me l'envoie, à partir de mon serveur, à ma propre adresse e-mail. Histoire de le garder en archive. Pour apprécier toute la valeur littéraire d'une lettre comme celle-là, rien de tel que de la relire. La relire encore et encore, jusqu'à perdre le goût de vivre.

Un détail : au cours de ma recherche forcenée, je découvre le nom de famille de mon rival. Vous aurez sans doute du mal à me croire. C'est le genre d'éléments, tout à fait authentiques, qui ont l'air d'avoir été inventés quand on les rencontre dans un roman. L'amant de Mathilde s'appelle Stéphane Couillard. COUILLARD, vous avez bien lu. La synthèse parfaite du couillon et du connard. Un patronyme seyant, qui semble avoir été taillé sur mesure pour l'*homme-que-je-déteste-le-plus-au-monde*.

Dix minutes plus tard :
inoffensif et singulièrement dépourvu d'agressivité

L'ange de la Bastille, gracile, est en vue. Je fonce à bicyclette, le vent fait voleter les ailes de ma veste. Mon portable sonne au fond de ma poche. Je décroche en roulant : « C'est encore moi », dit la femme de Stéphane. La voix est inquiète, à cran. « Tout va bien ? J'ai un peu peur. » Elle regrette de m'avoir donné l'adresse. Et si je lui volais dans les plumes, à son mari volage ? Elle ne me connaît même pas, ignore si je suis capable de violence. Elle cherche à réparer sa bourde. « Rassurez-vous, dis-je. Je ne lui ferai pas de mal. Je ne vais pas commettre un crime passionnel. » Il y a autre chose. Si jamais je parviens à pénétrer dans cet immeuble... Pourrais-je la rappeler, après, pour la tenir au courant ? Pour lui expliquer ce que j'ai vu et comment ça s'est passé ? « Promis. Je vous donne des nouvelles, quelle que soit l'issue. »

Dans ce quartier, tous les axes se ressemblent. Boulevard Diderot. Avenue Daumesnil.

Rue de Lyon. Chaussées larges et désertes. La majorité des Parisiens sont encore en vacances. Sans les phares, la nuit est plus dense. Il fait doux. Les feuilles des marronniers se balancent. J'arrive enfin au pied du 7, avenue Ledru-Rollin. Un immeuble moderne. Façade de carreaux blancs. J'attache ma bicyclette à un panneau. Je suis dans un drôle d'état. S'il fallait le qualifier, je dirais que je suis hyperoxygéné. Hélas, pour entrer dans l'immeuble, y a un digicode. Je tape des chiffres au hasard, des séries sur le clavier. Diagonales, horizontales, verticales. Mais la machine ne réagit pas. Son ventre ne fait entendre aucun déclic.

Sur le trottoir, j'aperçois une lumière allumée au premier. J'appelle. Avec conviction. Encore et encore. Au bout d'interminables minutes, le visage d'une femme apparaît dans l'encadrement. Elle porte un foulard sur la tête. Elle parle à peine français. J'explique la situation. J'ai rendez-vous avec un voisin, Stéphane Couillard, mais il me manque le code. Elle s'obstine à ne pas comprendre, secoue la tête, referme la fenêtre. Tout l'immeuble est éteint, maintenant. Où peuvent-ils être ? Je maudis cet écran de pierre. Je voudrais voir par transparence, j'aimerais avoir le pouvoir du passe-muraille. Pourquoi faut-il, quand l'intensité des sentiments est si forte, être arrêté par un obstacle matériel aussi prosaïque et insignifiant qu'un *mur* ?

De l'autre côté, sur le trottoir d'en face, une épicerie encore ouverte. Le marchand est en train de rentrer les cageots de fruits et légumes, il s'apprête à fermer. Je glisse la main au fond de ma poche. J'ai une pièce, une seule. D'un euro. Je n'ai même pas emporté mon portefeuille en partant.

J'entre dans l'échoppe dont les rayonnages sont déjà couverts par des bâches de toile cirée. « Je peux vous prendre un Orangina ? » Le vendeur acquiesce. Puis, d'un ton très décontracté (ne surtout pas laisser percevoir mes instincts vengeurs) : « Vous livrez dans le quartier ?

— Oui, monsieur.

— Très bien. Parce que je voudrais entrer en face, au 7, j'ai rendez-vous avec un copain. Je n'ai pas le code. Et je ne peux pas appeler, j'ai oublié mon portable. »

Blasé, le commerçant – un moustachu en chemisette Hawaii – m'inspecte des pieds à la tête.

« 34A78.

— Merci monsieur. »

Le hall de l'immeuble. Ambiance typique des résidences des années 1970. Miroirs muraux pour élargir l'espace, dalles de calcaire poli au sol. Un muret de briques délimite un parterre surélevé, où poussent des plantes grasses. Deuxième épreuve : devant moi, un interphone.

J'enfonce COUILLARD. Ça ne répond pas. J'essaie de nouveau. Silence. Mon pouls bat au maximum. Je compte jusqu'à trente avant d'appuyer encore, pour me contenir. Cette fois j'écrase la touche bien à fond, longtemps. M'en fiche qu'ils ouvrent. M'en balance totalement. Je veux seulement leur vriller les tympans, gâcher leur bonheur par un son aigu et discordant. Foutre leur baise en l'air.

Enfin, une voix retentit dans la membrane.

« Qu'est-ce que c'est ?

— Bonsoir. C'est Alexandre, l'ami de Mathilde.

— Alexandre...

— Oui, j'aurais voulu parler avec vous. Je ne vous ferai aucun mal. Je viens juste pour avoir une conversation. »

Miracle, il m'ouvre.

« Quel étage ?

— Troisième. »

Péripétie intermédiaire : l'ascenseur a un clavier ultramoderne, qu'il faut programmer. Le système n'est pas sorcier mais, hagard comme je le suis, il me faut plusieurs minutes avant de comprendre.

Au troisième, un long couloir éteint. Moquette au sol et sur les murs. Confinement. Des globes de verre aveugles. Un seul rai de lumière illumine la scène. Une porte entrouverte.

Civil, je toque pour m'annoncer. Il est en tee-shirt, porte des petites lunettes, a les cheveux en bataille, bruns, courts. Première impression : pas dangereux. Craintif, même. Dès le pas de la porte, pour détendre l'atmosphère, éluder l'affrontement physique, le passage à l'acte, je lâche en montrant la cannette d'Orangina glacée que je tiens toujours au poing : « Je n'ai que ça à vous offrir. » Après l'avoir prononcée, je mesure le double sens : la phrase a vocation à faire retomber notre potentiel d'agressivité mais signifie, aussi : *ma femme, je ne vous la donnerai pas*.

« Est-ce qu'elle est là ?

— Qui ?

— Mathilde. Je pense qu'elle est avec vous.

— Ce n'est pas le cas.

— Vraiment ?

— Regardez par vous-même. »

Selon le cliché des vaudevilles, je l'imagine cachée quelque part. Sous un lit, dans un placard. Sous les yeux de Stéphane, j'arpente le logement en tous sens. Une pièce principale de vingt mètres carrés, avec cuisine américaine et lit dépliable : elle n'y est pas. Une salle d'eau avec une douche vitrée : elle n'y est pas. Une buanderie minuscule avec un rideau : derrière, il n'y a qu'un chauffe-eau électrique et une pile de linge sale. Effectivement, le bougre est seul. Ma respiration s'apaise. Elle absente, nous allons vraiment avoir une explication.

Assis. Moi sur le clic-clac, lui sur une chaise en face. Jusqu'à cet instant, j'étais obnubilé par elle. C'est sa présence à elle que je recherchais à tout prix. Maintenant, je m'intéresse à mon interlocuteur. Je le toise. Comment dire ?

Stéphane Couillard n'est pas beau. Il n'est pas moche non plus. Il a une tête très ronde, la gueule d'un type sympa. Vous vous souvenez de ce mec un peu nigaud, qui était à l'avant-dernier rang de la classe au collège, pas trop fort pour les devoirs, qui racontait des blagues ? Ben, c'est lui. Aucun charisme, aucun magnétisme naturel ne se dégage de sa personne. Il n'en impose pas. Il est calme, très calme. Il n'a absolument aucune colère. Voilà, c'est ce qui le caractérise : c'est un être profondément inoffensif et singulièrement dépourvu d'agressivité. C'est d'ailleurs cela qui a dû plaire à Mathilde : cette présence simple, rassurante. Il a si peu de réactivité, tandis qu'il roule derrière ses lunettes de myope des yeux de vache, qu'il en paraît même privé de virilité. Il est aussi peu masculin qu'un personnage de bande dessinée. Tintin, Spirou ou le Marsupilami. Sympa, détendu, passablement amorphe aussi. Autour de nous, traînent ici et là ses effets personnels. Tee-shirts en boule, sac ouvert, classeurs, feuilles volantes. C'est un ado. À la trentaine, il fait *teenager* prolongé.

« Bon, on va faire le point.

— Ça vous dérange qu'on aille dehors ? demande-t-il. J'ai envie de fumer. »

Il ramasse son paquet de clopes, ouvre la porte-fenêtre et nous nous retrouvons tous les deux plantés sur sa minuscule terrasse.

Debout, mais ne nous touchant pas. Espacés comme deux palmiers aux noix de coco bien pleines. Dans la pénombre, il tire nerveusement sur sa clope. C'est fou à quel point ce type est ordinaire. Vraiment, c'est l'employé du tertiaire standard. Gentil, soumis, une clope au bec pour faire genre. Il n'a pas un visage, mais une bouille.

« J'aimerais savoir quels sont vos projets avec Mathilde.

— Mes projets avec Mathilde ?

— Oui, que lui voulez-vous ?

— Rien, je n'ai pas de projet avec elle.

— Dans ce cas, que faites-vous ici ? Pourquoi n'êtes-vous pas rentré chez vous ? Pourquoi vous continuez à envoyer des mails incessants à ma femme ? »

Il inspire profondément.

« Mathilde... m'en demande trop. Elle est très absolue. Elle a envie de refaire sa vie avec moi. Elle me l'a écrit. Elle m'aime, elle exige d'être avec moi en permanence... »

Une précision tout de même : vous lisez ce texte à la vitesse normale, alors qu'il faudrait déchiffrer les reparties de Stéphane quatre fois plus lentement que le reste. Non parce qu'elles contiennent de grandioses révélations, mais parce qu'il a une élocution d'escargot. Entre son cerveau où se forment les mots et sa bouche, on dirait qu'il y a un système de tuyaux aux nombreux virages et détours. Chaque phrase manque de s'y perdre. Cette extrême langueur dans la prononciation corrobore l'impression de radical pacifisme que dégage cet être.

« Mathilde voudrait... tout. Et moi, je ne peux pas lui offrir ça.

— Pourquoi ?

— Parce que j'ai décidé de retourner avec ma femme et mes enfants.

— Mais vous manquez à votre femme... Il suffit d'un mot, elle vous attend.

— Non, c'est pas si simple. À vous, elle a peut-être dit que je lui manquais. Mais quand je vais la voir, elle me fait des scènes. Elle ne supporte pas que je l'aie trompée. Elle fouille dans mes affaires. Elle m'espionne. »

La clope terminée, nous rentrons dans le studio. Stéphane se penche, ouvre le frigo, en sort une bouteille de bière. « Vous en prenez ?

— Non.

— Sûr ?

— Parfaitement. » Pour l'instant, je me sens bien, équilibré. Si je m'alcoolise, je ne réponds plus de rien. Je ne voudrais pas mettre des cheveux sur les murs. Je dois conserver une totale, une suprême maîtrise de moi-même.

« Puisque vous ne pouvez pas répondre aux attentes de Mathilde, vous allez la rendre malheureuse.

— Sans doute.

— Dans ce cas, je vous propose de cesser tout contact avec elle. Je sais qu'elle est encore accro. Mais, si vous n'êtes pas assez amoureux pour faire le grand saut, le mieux serait de vous éclipser. De quitter la scène. Pour de bon. Et de me laisser, moi, remettre de l'ordre dans ma vie. Arrivé à ce stade, je vais vous parler un peu de moi, de mes projets personnels. »

J'ouvre la cannette d'Orangina, bois une longue rasade au goût de métal.

« Mathilde est ma femme. J'ai vécu douze ans avec elle. J'ai d'elle un enfant, que j'adore. Mais, voyez-vous, ces dernières années, je me suis mal occupé d'eux. Ma femme et mon enfant, c'était, comment dire... Je les considérais comme un poids, une charge. Comme une contrainte qui m'empêchait d'être disponible pour les sollicitations extérieures. Oui, j'avais un foyer, mais je ne l'avais pas vraiment désiré. Ça m'était tombé dessus très tôt, au sortir des études. Je subissais cet état. J'avais l'impression de ne pas avoir choisi Mathilde, pas plus que mes propres parents, mon père ou ma mère. Dans mon esprit, tout cela revenait un peu au même, c'était la famille. Un boulet au pied, en somme. Dans ces conditions, il n'est pas tellement étonnant que vous ayez pu séduire Mathilde. Je ne me comportais pas bien avec elle, je lui manquais d'affection, je n'étais pas fidèle. Du coup, elle s'est lentement détachée de moi. Et vous, pour peu que vous lui ayez fait quelques compliments, un sourire, elle a dû vous accueillir avec une gueule de mie de pain. Tout heureuse, fondante, comblée que quelqu'un s'intéresse enfin à elle. Seulement voilà : j'ai changé. J'ai... grandi. J'ai compris qu'avoir une famille, ce n'était pas seulement un carcan, c'était aussi une chance. Que j'avais besoin des miens, qu'ils me donnaient de la force. Le couple, au fond, c'est comme une auberge espagnole. Si vous n'apportez rien à manger sur la table, vous crevez de faim. Maintenant, j'ai passé un cap. Je suis prêt à assumer pleinement mon rôle de mari et de père. Malheureusement, il y a un hic.

— Quel est le problème ?

— C'est vous. Attendez... » Mon portable sonne au fond de ma poche. Justement, quand on parle du loup. La voix de Mathilde : « Dis donc, Alexandre, qu'est-ce que tu fabriques ? T'es pas là ?

— Écoute, ma petite chérie (d'habitude, je ne lui parle pas si gentiment), je suis dans un endroit extraordinaire.

— Où ça ?

— Je ne peux pas te le dire. Mais ne t'inquiète pas. Je rentre à la maison d'ici une heure environ, je te raconterai. De toute façon, tu ne me croirais pas. Je t'embrasse très fort. À tout à l'heure. »

Je referme le téléphone.

« Je disais quoi, avant ?

— Vous étiez en train de faire l'éloge de la famille.

— Oui, c'est ça. J'en arrivais au point sensible. J'ai une femme, un enfant, je veux vivre avec eux. Et vous êtes un obstacle. Évidemment, je ne peux pas vous faire disparaître en claquant des doigts...

— Vous êtes-vous seulement demandé de quoi Mathilde avait envie, de son côté ?

— Pour l'instant, je suppose qu'elle préférerait être avec vous. Vos atermoiements, vos hésitations la font souffrir. Cependant, si vous parvenez à éclaircir la situation, à lui dire qu'entre vous deux c'est bel et bien fini, elle reviendra vers moi, c'est certain. Il lui faudra un peu de temps, mais le souvenir qu'elle a de vous s'estompera. Elle cicatrisera. Écoutez, soyez au moins conséquent avec vous-même : puisque vous n'êtes pas prêt à refaire votre vie avec elle, cédez la place. Laissez-nous tranquilles. »

Je n'ai pas terminé. J'ai envie de jouer aussi sur la fibre sentimentale : « Il n'y a pas que Mathilde, dans cette histoire. Comment vous supportez, vous, d'être séparé de vos enfants ? Vous en avez deux, je crois ? Quel âge a le plus jeune ?

— Un an.

— C'est vraiment petit. C'est encore l'époque des couches. Ça ne vous transperce pas le cœur d'être loin d'eux ?

— Si.

— Je connais ça. C'est un déchirement qui aurait de quoi rendre fou. »

Je me lève. Sans aucune violence, je crois que j'ai remporté le match. Je l'ai envoyé au tapis par K.-O. Un dernier coup pour la route : « Bon, c'est pas tout ça, Mathilde m'attend. » Je referme les boutons de ma veste.

« Attendez, dit-il.

— Quoi ?

— Je voudrais vous faire lire quelque chose.

— De quoi s'agit-il ?

— D'un e-mail. »

Je te vois venir, petit bonhomme. Pour gagner la partie *in extremis*, pour renverser le rapport de forces, tu vas me faire lire la magnifique élégiaque bafouille que t'a envoyée Mathilde ou une autre du même acabit. Tu ne m'auras pas à si bon compte. Je suis au parfum.

Maintenant, Stéphane est à quatre pattes qui cherche dans son ordinateur. Pourquoi faut-il qu'il en passe par l'écrit ? Parce qu'il est pusillanime, timide et incapable de s'exprimer à l'oral ? Il a besoin de ce détour des frustrés : l'écriture ?

« Il est adressé à qui, ce message ?

— À vous.

— Mais vous n'avez pas mon adresse e-mail.

— J'aurais fini par la trouver... Attendez, le voici. »

Je me penche et lis :

« Cher monsieur,

Ma démarche vous étonnera peut-être. Elle n'est certainement pas banale. J'ai eu une liaison de plusieurs mois avec votre femme. Aujourd'hui, cette relation, pour des raisons complexes et que je ne peux pas exposer ici, va cesser. Désormais, c'est à vous seul qu'il reviendra de veiller sur Mathilde. Sachez que c'est la femme la plus formidable que j'aie jamais rencontrée. Elle est exceptionnelle, vous avez de la chance. Elle a aussi besoin de beaucoup d'attentions, dans les plus petites choses. J'aimerais que vous preniez soin d'elle, et que vous fassiez l'impossible pour la rendre heureuse. »

De quel droit ce connard ose-t-il me dicter ma ligne de conduite ? Lui qui a failli détruire mon couple ? Qui a planté là deux gosses en bas âge ? Mais je ne m'énerve pas. Non, je ne veux pas dévier de mes bonnes résolutions.

« Merci. Maintenant, je vais y aller. »

Il me raccompagne jusqu'à la porte. Nous nous figeons, nous regardons les yeux dans les yeux. Comme si nous étions deux soldats de retour du front. Ou deux décideurs de Yalta. J'hésite. Je ne vais quand même pas lui serrer la main. Je me contente de prononcer « adieu » d'une voix sourde et m'éloigne dans le couloir, laissant ce lâche ressasser sa mièvre sentimentalité de courriel.

La même nuit, deux heures du mat' : *je ne suis pas fou*

Quand je pénètre dans le domicile conjugal, j'ai un drôle de sourire en travers du visage. Et pour cause : après la négociation réussie avec Stéphane Couillard, je me suis offert en prime une conversation en loucedé avec sa femme. « Tout est rentré dans l'ordre, lui ai-je assuré sur le ton expert du conseiller matrimonial. Votre mari vous aime, il n'aspire qu'à une chose, retrouver sa place dans votre foyer. Non seulement je ne l'ai pas surpris en flagrant délit d'adultère, comme vous le supposiez, non seulement il n'y a pas eu de sexe entre ma femme et lui depuis au moins deux mois – je garantis formellement leur probité qui force l'admiration – mais en plus, il n'a désormais d'autre vœu que de vous reconquérir. Adoucissez votre ire, ma chère, apaisez vos craintes et entrouvrez-lui la porte. C'est un devoir, pensez à vos enfants... » Voilà le genre de discours paternaliste et manipulateur qui coulait par ma bouche, et qu'elle buvait comme du petit-lait.

Maintenant, c'est au tour de Mathilde. Qui m'attend en robe de chambre, assise dans son lit, feignant de feuilleter une revue qu'elle a froissée jusqu'à la trame en m'attendant.

« Alors, t'étais où ? »

À son ton suspicieux, je devine dans quelles directions se tournent en priorité ses soupçons : soit j'étais avec une fille, soit en train de me saouler, soit dans un lieu de débauche extravagant et romanesque, genre bar à entraîneuses ou club échangiste. Attends voir...

« J'étais avec Stéphane.

— Comment ? Non, c'est pas possible... »

Elle se cache le visage dans les mains. Elle ne l'avait pas vu venir. Choquée, la voilà qui pleure.

« Ça veut dire quoi, tu l'as rencontré où ?

— Chez sa sœur, avenue Ledru-Rollin.

— Comment t'as atterri là-bas ?

— Sa femme a téléphoné ce soir. Elle voulait s'expliquer avec toi, mais j'ai intercepté l'appel.

— D'accord... Je commence à comprendre. »

Les larmes disparaissent vite du visage de Mathilde. Maintenant, elle a l'air de s'amuser. Nous avons été si appliqués, si graves pendant nos douze années de concubinage. Voilà que, tout d'un coup, nous nous offrons le grand maelström, la baise à tout-va, les allées et venues spectaculaires, les révélations foudroyantes... Au fond, c'est ça qu'elle cherche, auprès de ce nullard – un peu d'animation.

L'entrevue, vous la connaissez. Je la rapporte à Mathilde, dans ses moindres détails. Avec une parfaite fidélité. Stéphane veut retourner dans ses pénates. Il n'est pas disponible pour vivre avec elle le grand amour. Plus j'avance dans mon récit, plus je sens la cote de popularité de l'amant falot chuter dans le cœur de la belle. Exprès, je ne l'accable pas trop. Je me montre beau joueur. Jusqu'à lui restituer de mémoire, cerise sur le gâteau, le petit mail testamentaire qu'il avait concocté à mon attention.

« Mathilde, je voudrais quand même te poser une question.

— Oui, quoi ?

— Ce n'est pas un sale type, c'est entendu. Il émane même de lui une certaine gentillesse. Mais, entre nous, je ne comprends pas. Qu'est-ce que tu lui trouves ? J'ai l'impression qu'il y en a des centaines dans son genre. C'est un urbain moyen, un de ces innombrables employés aux talents modestes, sans fantaisie. Qu'est-ce qui t'a fait craquer pour lui ?

— Ça, précisément. Le fait qu'il soit ordinaire.

— Je ne comprends pas.

— Dans tout ce qu'il entreprend, il est prudent, réfléchi. Même entre nous, aux premiers temps de l'histoire d'amour... Par exemple, il n'a jamais insisté pour qu'on le fasse sans préservatif. Tant qu'on n'avait pas attendu trois mois et fait un test, ça ne lui serait pas passé par la tête.

— Il n'est pas très intelligent.

— Il n'y a pas que les intellectuels qui soient intéressants.

— D'accord, mais à ce point-là...

— Tu te trompes, Alexandre. Moi, j'ai toujours connu la folie. Dans ma famille, les gens sont tous tarés, détraqués. C'est l'hystérie permanente. Et avec toi, c'est un peu la même chose...

— Je ne suis pas fou.

— Peut-être, mais tu es passionné. Quand tu n'es pas en train d'écrire un livre, tu bois des litres d'alcool. Quand tu te mets à travailler, tu le fais douze ou quatorze heures de suite sans t'arrêter. Tu n'acceptes pas de passer une journée sans faire l'amour, ça te met dans des colères noires. Stéphane, lui, peut très bien s'abstenir pendant des semaines, il n'en fait pas une maladie.

— Tu parles d'un cadeau.

— Tu l'as trouvé petit-bourgeois ? Eh bien, figure-toi que je suis de ton avis. Je l'aime ainsi. Lui au moins, il m'apporte la paix. »

Samedi 19 août :
la séparation

J'ai terrassé l'amant de ma femme en duel singulier et maintenant, je dois m'avouer vaincu par un steak.

Samedi midi. J'ai eu le malheur de lui demander, sans malice, ce qu'elle avait prévu pour déjeuner. Mathilde m'a répondu de mauvaise grâce : « Bah, pas grand-chose, je peux mettre du riz à cuire si tu veux. » Ai-je glissé un timide : « Il ne reste plus de jambon dans le frigo ? », ou insisté plus lourdement : « Il n'y a pas de viande ? » Vif-argent, Mathilde n'a pas supporté cette banale doléance. Elle est sortie de ses gonds. Primo, elle n'a pas d'appétit, en ce moment manger la dégoûte. Secundo, s'il n'y a rien, c'est autant de ma faute que de la sienne, je n'ai qu'à faire les courses. Tertio, elle en a ras le bol de mes manies de carnivore, de ma stupide exigence d'avoir de la bidoche à tous les repas.

La fin de l'amour n'est pas un événement abstrait. Ce n'est pas comme s'il y avait une entité spécifique suspendue dans le ciel tel un ballon d'hélium, l'amour, qui se serait envolée. Si ce n'était que cela, personne ne remarquerait sa disparition. Non, quand vous cessez d'aimer l'autre, tout ce qu'il dit, ce qu'il fait – aussi insignifiants soient ses agissements – vous semble sot, déplaisant, insupportable, dirigé contre vous. Ma remarque sur le menu du déjeuner ne fait, en somme, que révéler l'absence d'affection de Mathilde, sa constante exaspération.

Je regarde autour de moi. La bouteille de vin rouge – un plantureux côtes-du-rhône, que j'ai débouché et laisse décanter sur le coin de la table (j'oubliais de préciser : Mathilde ne boit jamais une goutte d'alcool). Les noix posées dans une panière pour l'apéritif. Le journal du week-end. Et mon fils, qui joue avec une voiture métallique sur le bord d'une chaise, sans se douter que la foudre vient de s'abattre dans notre appartement.

Mathilde ne m'aime plus : c'est un fait. Depuis des semaines, je m'efforce de ne pas le voir. Comment une femme qui ne me désire plus, qui n'a plus de mots tendres pour moi, qui ne me fait plus jamais un compliment, qui jamais ne m'embrasse pourrait-elle me rendre heureux ?

Quand bien même elle retrouverait, séance tenante, deux magnifiques entrecôtes au fond du congélateur, il ne me reste plus qu'une solution : partir. Vider les lieux. Pour aller où ? Je l'ignore. Dans un premier temps, prendre le large.

Les poumons oppressés, je passe le seuil et sais que je quitte, cette fois-ci pour toujours, le havre familial.

Quand je suis dans l'escalier, le visage de Mathilde apparaît par-dessus la rampe : « Alexandre ! Alexandre ! Qu'est-ce que tu fous ? Qu'est-ce que je vais raconter à Julien, moi, si tu te barres comme ça ? Quelles que soient tes intentions, fais les choses correctement. Pas comme un sagouin. Ne me laisse pas en plan. »

Je voudrais protester. Seulement voilà, j'ai un nœud au fond de la gorge. Aucun son ne sort de ma bouche. Je n'arrive plus à m'exprimer. Je viens de prendre la décision ultime : celle de la séparation. J'en assumerai les conséquences.

La voix de Mathilde retentit encore, deux étages au-dessus de moi : « Eh ! Qu'est-ce que je dis à Julien ?

— La vérité. Tu lui expliques tes beaux projets d'avenir, et comment tu as foutu en l'air notre famille. »

La porte claque, là-haut.

Je traverse la cour, pousse un lourd battant, me retrouve sur le trottoir.

Je marche en choisissant les rues au hasard. Plus précisément : je n'emprunte que des rues dans lesquelles je ne vais jamais, fuyant les itinéraires connus. Sans autre motivation que de me perdre, me fondre dans l'anonymat, disparaître dans le lacis de la ville. J'ai eu la prévoyance de prendre mon portefeuille et ma carte bancaire. Je n'ai pas un vêtement de rechange. Pourtant, je ne reviendrai pas.

Vingt minutes plus tard. Au milieu de la chaussée d'une venelle du Marais, je lève les yeux, contemple la façade d'un immeuble. À la fenêtre du premier étage, des rideaux en lin blanc suspendus. Soudain, ça me revient. Lucille. Voilà une tromperie que j'avais oublié de mentionner, lors de notre séance de déballage. Lucille. Je lui ai fait l'amour une fois ou deux derrière ces fenêtres du premier, dans ce studio qu'elle occupait quand elle était étudiante.

Je l'avais draguée frontalement. À la sortie d'un cours, je lui ai demandé son adresse. Elle me l'a donnée. Je lui ai demandé son code. Elle me l'a confié. Nous nous connaissions à peine, de vue uniquement. Elle m'a dit : « Tu vas venir ? » Silence. Un cran plus bas, elle a fait la réponse toute seule, d'une voix soudain plus intime et complice : « Oui, tu vas venir. » Elle avait un corps absolument magnifique, que dans mon esprit j'ai associé à la Victoire de Samothrace. Les membres déliés, les cuisses fuselées comme des carlingues, la poitrine plus martiale que maternelle. Oui, mais elle ne m'inspirait pas grand-chose. Son contact n'était rien moins que marmoréen. L'amourette s'est éteinte aussitôt qu'allumée.

Toujours au milieu de la rue, j'hésite. Habite-t-elle encore ici ? Ce studio appartenait à sa famille, je crois. C'était... il y a dix ans. Je m'interroge. Si je criais « Lucille », apparaîtrait-elle à la fenêtre ? Pourrais-je convoquer tous les fantômes du passé en cet instant d'essentielle solitude ?

Tout est allé très vite, finalement. Les événements de ces derniers mois m'ont pris à la gorge, je sais qu'il me faudra encore du temps pour les absorber. Cependant, une mutation irréversible s'est produite. J'ai opéré ma révolution philogyne. De même qu'il a fallu les révélations de Copernic et Galilée pour entériner l'idée que ce n'est pas le Soleil qui tourne autour de la Terre, mais l'inverse, de même, les bourrasques du chagrin d'amour m'auront permis de comprendre que ce ne sont pas les femmes qui tournent autour de moi, mais moi qui tourne autour d'elles. Ou, mieux encore, que l'homme et la femme sont condamnés à se tourner autour, à renouveler sans cesse leurs approches, leurs combats et leurs ébats, sans jamais parvenir à l'immobilité. Jamais leurs positions respectives ne seront arrêtées.

C'est fou comme il faut souffrir pour évoluer, pour franchir les seuils de l'existence. La souffrance est notre seule école. À quoi servent ces états d'étranglement et de désespoir que nous traversons ? À rien, évidemment – sinon à libérer l'amour. À nous faire sortir de tous les calculs égoïstes, à nous permettre d'accéder à une seconde innocence. Plus grande est l'affliction que vous endurez, plus vous serez capable d'empathie, mieux vous aimerez.

Soudain, mes sens s'ouvrent. Je m'aperçois, alors que cela ne m'était pas arrivé depuis des mois, de la présence du monde extérieur. Pris dans la tourmente, j'avais éloigné de moi toutes les préoccupations qui n'étaient pas directement liées à mes désirs, à ce ballet de femmes supérieures dont je m'enivrais. À présent, le monde est là. La rue, les voitures garées à cheval sur le trottoir, les façades bombées de ces vieux immeubles existent bel et bien, avec une intensité que je ne leur connaissais plus. Mieux, il y a des couleurs. Les façades ont des crépis refaits à neuf, crème ou beiges, un bar a une devanture sang-de-bœuf, des bacs de fleurs roses pendent à une fenêtre. Mon regard s'élève doucement entre les cuisses des immeubles, jusqu'à plonger dans la fente du ciel. Il n'y a aucun nuage, l'azur est libre. Le mois de septembre n'est même pas commencé. Je m'émerveille de ce fait simple qui, par son évidence même, me donne envie de piquer un fou rire : il fait beau.

Quand j'étais nietzschéen
Alexandre Lacroix

« Flammarion, août 2009 »

« Quand j'étais nietzschéen, je ne savais même pas écrire l'adjectif. J'hésitais toujours sur ces foutues consommes, sur l'ordre exact dans lequel il faut placer le s, le z, le c, le t et le h : schzt ? chszt ? zchtzschzt ? [...] Quand j'étais en pleine crise d'adolescence, que je vouais un culte à l'ennemi de tous les cultes, je me trompais à chaque coup sur le nom de mon idole. Mais peu importe. Quand j'étais nitszchéain, je m'estimais largement au-dessus des règles et des conventions en tous genres. Un surhomme n'a pas besoin de l'orthographe. »

À 16 ans, quelques jours après son anniversaire, le narrateur, Alexandre, découvre les œuvres de F. Nietzsche. C'est le choc. Ce premier contact avec la philosophie va produire une déflagration, et modifier de fond en comble la trajectoire de ce jeune homme rangé. Qu'il simule son suicide en cours d'allemand, interrompe par des vociférations une messe de Pâques à Notre-Dame de Paris, joue à l'« homme fort » en multipliant les agressions gratuites, frappant un chat errant ou blessant au visage une passante, l'adolescent s'efforce de mettre en pratique l'« inversion de toutes les valeurs ». En toile de fond, sa vie sentimentale s'égare dans des intrigues étranges.

À l'heure où l'on voudrait nous faire croire que la philosophie a des vertus thérapeutiques, ce roman remet les pendules à l'heure : non, la philosophie n'est pas une médecine douce, mais une drogue dure.

9009

Composition
PCA

Achevé d'imprimer en France (Malesherbes)
par MAURY-IMPRIMEUR
le 19 juillet 2009.

Dépôt légal juillet 2009.
EAN 9782290012444

ÉDITIONS J'AI LU
87, quai Panhard-et-Levassor, 75013 Paris

Diffusion France et étranger : Flammarion